FREEDOM

WALKING FREE

POLICE

我行如飞
Walking Free

(澳) 芒贾德·马德瑞斯 著

帕瑞克·维弗尔/整理 周 今/译

中国工人出版社

图书在版编目（CIP）数据

我行如飞 /（澳）芒贾德·马德瑞斯（Munjed Al Muderis）著；帕瑞克·维弗尔整理；周今译. —北京：中国工人出版社，2017.1

书名原文: Walking Free

ISBN 978-7-5008-6616-9

Ⅰ.①我… Ⅱ.①芒… ②帕… ③周… Ⅲ.①长篇小说—澳大利亚—现代 Ⅳ.①I611.45

中国版本图书馆CIP数据核字（2017）第016841号

我行如飞

出 版 人	芮宗金
责任编辑	左 鹏
责任校对	董春娜
责任印制	黄 丽
出版发行	中国工人出版社
地　　址	北京市东城区鼓楼外大街45号 邮编：100120
网　　址	http://www.wp-china.com
电　　话	（010）62005043（总编室） （010）62005039（出版物流部） （010）62379038（社科文艺分社）
发行热线	（010）62005049　（010）62005042（传真）
经　　销	各地书店
印　　刷	三河市万龙印装有限公司
开　　本	880毫米×1230毫米 1/32
印　　张	7.875
插　　页	20页
字　　数	200千字
版　　次	2018年6月第1版 2018年6月第1次印刷
定　　价	45.00元

目 录

Contents

序幕. 起始之步

The first steps

2014 年 4 月 15 日，周二，温莎城堡。二十四岁的英军第三步枪营前步枪手迈克尔·斯温，穿着熠熠生辉的深蓝色制服，踏步前行二十米，走向伊丽莎白女王，准备接受大英帝国勋章。在这意义非凡的时刻，我双眼溢满喜悦的泪水。我知道他曾经历过怎样的挫折，又是凭着怎样的勇气，才步入今天的殿堂。

不得不承认，我的兴奋中掺杂着焦虑。此刻最让我关心的，莫过于迈克尔能否毫无闪失地走完全程。他每向前迈一步，我都在心中默默叮嘱："要小心，要小心，千万别滑倒。"迈克尔终于走到女王面前，他的母亲早已泪流满面，转身小声对我说：

"因为你，他才有了再次行走的可能，你更应该获得那枚勋章。"

迈克尔凭借他为慈善基金会筹款作出的贡献，获得了大英帝国勋章。对我而言，亲眼看到迈克尔自信地、几乎是完美地大步走过去受勋，已经是最好的奖励。分享着迈克尔成功的喜悦，自己从萨达姆统治下的伊拉克逃亡的诸多经历突然跃入脑海，顿感五味杂陈，过往的经历，使此刻铭记终身。

迈克尔的人生在五年前被颠覆。他当时正在阿富汗服役，双腿自膝关节以上被地雷当场炸飞。在痛苦而漫长的康复之后，他安装了传统假肢，但是假肢带来的各种不适，让这个充满活力的年轻父亲，行动几乎完全依靠轮椅。这促使他在网络上搜索，发现并找到了我的骨结合专科诊所。

当我们在沃特鲁大厅里分享这一刻时，我们相识还不到六个月，但已经共同拥有了许多激励人心的经历。我们还有另外一个共同点，那就是 2009 年 11 月 8 日，迈克尔，在阿富汗踩上了地雷；而十年前的同一天，1999 年 11 月 8 日，我，第一次踏上澳洲的土地。

当年我几乎受到了迈克尔在阿富汗才有可能享受到的“待遇”：被当成罪犯对待，被人用恶语羞辱，被一次又一次地告知要尽快返回故乡。实际上，澳洲政府只有在返回伊拉克这件事上才会竭尽全力地“帮助”我。但我已不可能重返我的故土，因为一旦回去，等待我的只有囚禁、虐待，甚至处死。

幸运的是，我经受住了这些并不友好的礼遇，在新的国家里成功地生存下来，并让许多人的生活得到了改善，病人们需要我，让我觉得不可或缺。我主要的工作是通过手术为患有严重关节炎或者其他骨骼问题的人置换髋关节或膝关节，以解除长期困扰他们的疼痛。而那些像迈克尔一样膝关节以上截肢的人，就需要通过骨结合技术，最终重获行动自由。

为提高人们的生活质量作出贡献，已经成为我的主要动力。但是当年踏上澳洲大地时，可完全没有半点儿可能作出今天这些成就的征兆。

从巴格达的男孩成为温莎城堡的男人，得益于我所经历的磨难，虽然我不希望这些经历在任何人身上重现。岁月磨砺，塑造了今天的我，让我坚定了努力帮助别人的信念。我要让人们生活得更加美好，直至永远。

1. 末日之始

The beginning of the end

1972 年 6 月 25 日，母亲在巴格达的阿赫塔锐私立医院剖腹产，生下了我。

我出生时，母亲四十二岁，父亲六十五岁。两年前，他们在巴格达的一场小学生作品艺术展上相识。当时，母亲是举办这场艺术展的那所小学的校长。在这之前，两人都未经历过婚姻。我的母亲，卡米拉·奥特克，出生于伊拉克南部巴士拉的一个贫穷家庭，家里有五个姐妹，四个兄弟，十个孩子中她排行第三。外祖父母早逝，母亲便一边教书，一边抚养弟弟妹妹，成为家里的经济支柱。全家人的生活几乎全都依赖于她。

和父亲认识不久，母亲因为拒绝加入阿拉伯复兴社会党，被免去了校长职务，成为一名普通教师。婚后，更因为复兴社会党不喜欢父亲在政治以及其他专业领域里拥有的广泛而密切的联系，母亲被迫提前退休。这是一个让我难以捉摸的决定，因为直到母亲去世那天，她都是萨达姆·侯赛因的忠实支持者。她坚持的，仅仅是不想参加任何政党。

父亲的家庭，无论是从经济、政治还是社会地位上讲，都处于另一个极端，属于伊拉克历史上的统治家族之一。从父系这里，我承袭了先知穆罕默德的血脉。我的祖父，是逊尼派在伊拉克许多地区的首领。对这些地区，逊尼派的领导权在我的家族中沿袭，但祖父去世时，父亲和他的哥哥都不愿意继承这个职位，所以，后来传给了父亲的一位堂兄。同样是因为父系血统，我还是伊拉克最古老贵族的后代，这个家族是曾经统治伊拉克的九个家族之一。我的父亲阿卜杜勒·拉扎克·阿·马德瑞斯，一生在巴格达度过。在家里的五个孩子中，他排行第二，有一个哥哥和三个妹妹。他学识渊博，是一名律师，之后升任法官。他的一生，一直过着富裕而舒适的生活，与学术界、艺术界的精英们交往广泛。

我的伯父（父亲的哥哥）马哈茂德先后担任了许多政界要职，但最被人们传颂的还是他的文学天赋。他是那个时代伊拉克最受欢迎的短篇小说作家。伯父四十多岁在埃及死于肝病，在那个他度过最后岁月的地方，人们竖立了雕像纪念他的不朽。

我的姑姑（父亲最小的妹妹）也很有建树，她是伊拉克的第一位女性大学讲师，教授社会人类学。据我所知，西方国家并没有设这门课，它的内容涵盖人类社会从游牧部族、领地制度发展为现代社会的变迁。我的家族在传统上更加注重学术领域，许多人活跃在法律界或者医学界。

我崇拜父亲，是他让我把对知识的不懈追求、勤奋学习和工作，全身心奉献作为人生信条。更重要的是，他让我接触了对传统理念存疑的思维方式，并认定应该自己规划自己的人生。

与其他人相比，父亲属于另一个时代，他是一个永远注重仪表的男人，习惯那种殖民时期的着装风格。他总是穿着有领衬衫以及西装，打着领带。我几乎从没有看见过他穿着随意，更没看见他穿过阿拉伯传统服装。

父亲喜欢不懈地追求知识，探寻真相，他秉承着那种成熟男人所特有的智慧。与他传统的外表相反，他的思维十分独立且活跃。在我成年的时候，父亲因为年迈已经退休。于是他整天的时间都用来阅读。他对学术的探讨几乎覆盖了我们可以想到的所有领域：自然科学、历史、政治、哲学以及文学。大多数的夜晚，司机会送他去市中心的一个高级俱乐部，在那里，他会和伊拉克最杰出的思想家、艺术家一起对各种问题进行广泛的讨论。

父亲十分尊重逻辑，并且十分努力地把逻辑的影响力纳入我的思维方式。他坚持认为任何以逻辑为基础的判断通常拥有正确性。他把这一人生哲学应用于生活的各个方面，尤其是宗教。

我记得他曾对我说："如果说你的行为会对任何人或事造成伤害，那么你就不应该这么做，无论《古兰经》是否提及。"

仅仅从一件事上就可以看出父亲的思想有多开放。他最好的朋友是巴格达犹太教的领袖。

正是因为这段友谊，我的父亲对巴以冲突产生了浓厚的兴趣。他认为大英帝国的殖民主义导致了局势的恶化，大英帝国每到一处，都会留下一堆烂摊子。比方说，在巴勒斯坦，各民族原本可以和平相处，等到英国人来了，“你看看现在成了什么样”！他恼怒地说。

父亲不仅仅是充满智慧的自由思想者，还是一个国际象棋冠军，他凭借可以同时和十个人下棋并指导他们而闻名。当然，他也教会了我下棋，下棋成了我日后面临压力时的避风港。当我还是一个小男孩时，父亲偶尔会带我去俱乐部，看着那些有学问的大人们一边下棋，一边争论人生各个方面的问题，真是令人心驰神往。

和他自由的观点相符，父亲从未打过我。我很怕他，但完全是出于尊敬，而不是因为恐惧。父亲是我心中的英雄，遗憾的是我没能有足够长的时间和他相处，因为我出生时他已经年迈。

马德瑞斯家族的政治社会影响力主要来源于建国初期，所以当伊拉克的君主制被推翻，实行共和制后，尤其是在二十世纪六十年代末复兴社会党和萨达姆统治兴盛期，家族势力逐渐衰弱。但是，我们还是一个拥有特权，并且在经济上十分宽裕的家庭。

因为从小便当家主事，我母亲对人生的态度与父亲截然相反。父亲理性体贴，内敛淡定，说话总是和声细语。母亲则热情易怒，观点激烈。她总是很忙，对亲友们的关心多于对学术的追求。我们家曾经成了她的亲戚或者求助者聚集的场所。母亲的一个兄弟，是个雕刻艺术家，大多数时候和我们住在一起，而她的其他兄妹们，只要是住在巴格达，就几乎每天都来我家，并且留下来吃上一顿饭。

母亲是个实干主义者，这在后来的岁月中派上了用场。渐渐地，她亲自管理我们的产业，包括一间店面和巴格达市中心的一幢办公楼，当时，这些产业是我们的主要经济来源。

父亲对做生意没什么兴趣，所以一度把办公楼的出租事宜都交给职业经理人。结果，这个经理人在把房屋再次分租给别人的过程中私吞租金。父亲认为处理这类事情让人头疼，所以选择视而不见，但是母亲可不肯放过，她收回了管理权，亲自操持。

相较于父亲，母亲还是一个更加传统的穆斯林。她总是告诫我："作为一个穆斯林，你不应该抽烟喝酒。"

我出生的时候，中东局势已是山雨欲来。在国际石油危机中，伊拉克决定实施油田的全面国有化，以此对抗严重依赖中东石油供应的西方国家。

父亲没有在大众的热情中随波逐流，他强烈反对这一政策。当整个伊拉克为象征民族独立的石油国有化而欢呼时，父亲对母亲说："这会成为一场灾难。我们真该换个国家生活了！"

他说伊拉克没有自行全权管理石油产业的能力，大量的国家财富会被个人侵吞，这些话后来都被历史证实了。我父亲认为伊拉克石油业需要外国公司的精英骨干来支撑，平衡各方势力，如果让西方公司保留百分之五的股份，那么事情会发展顺利且各方都会受益。

虽然父母只生了我一个孩子，但我小时候家里却有四口人。大多数时候，我的堂兄哈密德和我们住在一起，他的母亲，阿米娜，我母亲的大姐，在生他时难产死了，而哈密德的父亲在他出生之前就已经去世。哈密德比我大十六岁，但我们是好兄弟，我尊敬这位大哥。

我的这个堂兄十分淘气，喜欢探险并且充满活力，这些都让我钦佩。哈密德会带我去底格里斯河游泳，一点儿也不在意有的河段水流湍急。他身体非常健壮，曾经接受过拳击训练，但是并没有和谁真正较量过。

哈密德充满反叛的性格确实引来过大麻烦。他因酒后骑摩托车出了车祸而被吊销了驾照，他的女朋友当时坐在后座，手腕在事故中骨折。这件事可没有轻松地取得他女友的谅解，更糟的是，女方的家长大为光火，扬言要狠狠地教训他。这意味着哈密德必须躲起来，隐身几个星期直到事情平息下来。他后来回家时，家里人也没给他好脸色。

哈密德为我母亲的兄弟，那个雕刻家——伊斯梅尔·法塔·奥特克工作。作为学徒技师，哈密德的具体工作是雕刻铜像铸件。我们共同生活到 1978 年，在我六岁的时候，二十二岁的堂兄认为该自立门户了，便去美国寻找机会。他至今仍然住在美国，在纽约做进出口贸易生意。

在 1980 年两伊战争爆发之前，巴格达是一座十分安全的城市。作为拥有七百万人口的首都城市，各阶层混杂。底格里斯河从北向南，好像一条长蛇游走穿行，把城市一分为二。

古老的旧城中心，有许多历史性建筑，城区布满狭窄的小巷和两三层高的矮楼，这些楼房大多显得有些颓败，需要整修。旧城区多少有些混乱，到处挤满了喧杂的人群，而晚间的交通更是糟糕得如同噩梦。许多清真寺和教堂有着几百年的历史。那时城市高墙环绕，许多已经倒塌的古旧建筑仍然存留下来。

在底格里斯河东岸的新兴商务区，和任何一个发展中国家的商务区一样，到处都是崭新的，钢筋水泥的高楼、酒店和公寓林立，这些楼房大多建筑于二十世纪七八十年代。在这个区周围有许多低矮的建筑，其中不乏贫民区。萨达姆在城市中建设了高速公路和主干线以期改善交通。在底格里斯河的两岸布满了饭店、酒吧和俱乐部，形成了这座城市非常重要的社交中心，炎热的气候让人们都喜欢在略为凉爽的夜晚外出。伊拉克的日照十分强烈而且酷暑漫长。和这里的天气一样，巴格达的男人性格暴躁，他们自己也以强悍为荣。

在城市的外围，许多地区盖起了低矮的双层别墅，房子周围种着柑橘和棕榈树。望向东北方，就可以看到军人运河，这是一条开放式的城市排水系统。在运河另一边是沙厥城区，这是个穷人聚居的地方，许多矮小的房子挤在一起。该地区以治安混乱著称。一旦那里出了乱子，军队往往会封锁桥梁，以便围堵肇事者。

巴格达的城市呈网状规划，只有维齐尔区——这座城市最富有的地区有所不同。维齐尔区在底格里斯河的东岸，城市的北部，街道安静，绿树成荫。我很小的时候，我们就住在那里。

我对住过的第一幢房子记忆有限，只知道它在北门墓地对面，墓地是巴格达的英国人墓区。我还记得小时候和父母常在河边散步，顺路转进公园、儿童游乐场，或是某家咖啡店。对一个孩子的童年生活而言，真是再没什么可要求的了。

在我四岁的时候，我们搬到附近的一个新城区——阿·姆斯坦思日阿。新家是一幢两层的别墅，外面有一个很大的花园。因为母亲喜欢花卉，所以每年春夏两季，宽阔的花床里都开满了各种香气扑鼻的花。余下的地方种满了果树，柠檬、橙子、四五棵枣椰树，还有几株葡萄柚。

伊拉克的房屋一般盖成两层，长方形，有着平平的屋顶。有些房屋砖墙外露，有些房屋外墙有涂层，一般粉刷成白色或浅浅的褐色。

我们的房子也具备这些特点。一层有一个很大的起居室、会客厅、厨房和三间卧室。楼上还有两间卧室，另外还有一个可以停五辆车的车库。父亲最喜欢的是一辆沃尔沃，而我母亲很长一段时间开的是 MG 跑车。她后来终于换了一辆大众的甲壳虫。和母亲不同，父亲自己从不开车。家里雇有一个司机、一个保姆以及一个管家。

家里养着许多狗和猫。因为外面的阳光太晒，猫儿们总是待在室内。而狗儿们总是被留在花园里防止不速之客的入侵。

当我还是个小学生时，学校宣布以伊拉克油田全面国有化的日子命名：六一小学。我们每天早上七点离开家，八点钟开始上第一节课，学校下午两点放学。学生一周上六天课，从礼拜六到礼拜四，周五是穆斯林圣祷日，所以学校放假。我记得学校布置的作业很多，所以尽管下午很早放学，但我一般都会待在家里忙于功课。

从学前班起，我一直有两个特别亲近的好友：马尼夫和艾塞尔，我们一直同校，直至完成高中学业。

马尼夫的父亲是巴格达警察局的二把手，他的妈妈是我们小学的老师。马尼夫是逊尼派，又高又瘦，读书和体育都不在行，但是个好小伙儿。后来，我听说他在瑞典生活。

艾塞尔的父亲开着一家制衣厂，母亲是个讲师。他们和我的父母完全相反，是非常虔诚的什叶派教徒。他们家的大门每天晚上六点就关了，如果艾塞尔到那个时候还没回家，就意味着他要大难临头。在艾塞尔父母的思维里，抽烟喝酒是不能容忍的，可艾塞尔也和其他年轻人一样叛逆，抽烟喝酒不在话下，只是背着父母罢了。据我所知，艾塞尔至今仍然住在巴格达。

我们一家人一年总有几个月在国外度过。冬天，我们一般待在巴格达，而夏天，全世界都在我们足下。父亲曾带我们去过美国、英国、德国、法国、意大利、荷兰、苏联、希腊、土耳其、波兰、保加利亚、匈牙利以及当时的捷克斯洛伐克和南斯拉夫。

我零星记得大多数去过的地方。我们会入住舒适的酒店并且参加当地的传统游行节目。罗马给我的触动最为深刻，因为当时的城市治安已经糟糕到就连过马路都会觉得不安全。雅典是另外一个留有记忆的地方，是因为卫城，但是最重要的是那座城市竟是那么脏乱，着实让我吃了一惊。

在保加利亚发生的一段小插曲我也记忆犹新。当时我们住在瓦尔纳黑海边的一个度假村里。我和母亲去逛商店，回来时就看见父亲在商场中心被一群妓女包围着。好笑的是，父亲似乎多少有点儿小小的得意，虽然他绝不会对那些女人动心。我记得他对她们解释说自己已经太老了，对这种事不感兴趣了。就是在那种情形下，他还保留着应有的礼貌。

我们去了美国六七次，其中几次去了纽约，以及另外几个我认为挺糟糕的城市，比如，底特律和克利夫兰。我们去那儿看望亲戚。底特律的工业化和肮脏程度让我吃惊，而克利夫兰十分无聊，当然也因为我的堂兄是个怪人，甚至不允许我们离他的家太远。1980 年 9 月 22 日，伊拉克入侵伊朗时，我们一家正在美国。

父亲决定全家人必须马上返回巴格达。他一定预知了事态的严重性，现在回过头看，历史证明了他的明智。简单地说，我们所熟知的生活方式戛然而止，而千千万万的伊拉克人也拥有着同样的命运。

我们乘坐最早的航班飞离美国，在雅典做了短暂的停留，就飞向首都巴格达。一切似乎都按照计划进行，飞机离开雅典后，广播突然告知巴格达机场因为遭到轰炸而关闭。这意味着飞机必须改变计划，迫降在约旦的安曼机场。这一切都来得紧急而令人焦虑。

所有飞往巴格达的航班都被迫取消。所以虽然我们和巴格达的距离比起纽约或雅典要近许多，却没有通航的可能。我们不得不在安曼机场摇摇晃晃的塑料椅子上辗转反侧。如何重回家园，只能从长计议。

等待去巴格达的汽车漫长而无聊，但是当公共汽车真来了的时候，我们才发现事情比想象的还要糟。这辆车实在更像一辆卡车。我们被塞了上去，坐在硬长椅上，在高低不平的公路上度过了难熬的一晚。战争开始还不到一周，所有的车辆都把车灯调得很弱。司机们被勒令把车头灯的顶部刷成蓝色，这样即使有战机飞过也难以被发现。

我原本指望舟车劳顿之后，到家的第一晚能美美地睡上一觉，结果事与愿违。当晚，巴格达被轰炸，我还没爬到床上，防空警报就拉响了。

第二天，伊拉克媒体报道有七架伊朗飞机被击落。其实两伊战争中第一次伤亡的真实情况才应是真正的新闻要点，而我们只能猜测伤亡人数。不过不管怎样，这多少体现了那个阶段的战事状态，像那天晚上的空袭一直持续了一两周，之后慢慢变少，最后终于消失了。

非常明显，从七岁的我的角度来看，童年舒适的生活，出乎意料地突然中断了。

真正的战乱开始了……

2. 文明的摇篮

The cradle of civilisation

虽然伊拉克近代局势风云变幻，但是无论怎样，作为人类文明的摇篮，它已经有八千多年的历史，曾是智者和艺术家的天堂。如今，却沦落为自我毁灭的象征以及被他国嘲笑的对象。

更可悲的是，在过去的三十年里，伊拉克把自己变成了暴力的温床。自杀式炸弹、谋杀和蓄意破坏成了国家的代名词。伊拉克的近代史被接连不断的战乱、杀戮和虐待蹂躏得千疮百孔。某些地区甚至公开支持与基地组织有联系的武装民兵。

然而，这并非这个国家的本来面目。这片底格里斯河与幼发拉底河流域中的美索不达米亚富饶之地，在公元前 6500 年就已是文明的摇篮。千百年来，这里作为教育、科学、艺术以及农业发展的中心，为人类历史作出了巨大贡献，灌溉技术、车轮的发明、草书体的形成，以及阿拉伯数字和天文学的创建都证明了这一点。

在公元前4000年至公元前500年，苏美尔人和巴比伦尼亚文化统治了美索不达米亚。尼布甲尼撒二世为妻子兴建的巴比伦空中花园，是众所周知的世界七大奇迹之一，它坐落在今天的希来城附近，距离巴格达只有一百公里。

到了公元前500年，古希腊日渐衰落，罗马帝国尚未兴起，波斯王朝拥有世界上最强大的军队，美索不达米亚地区也成为其帝国的一部分。

在那之后，伊拉克这片土地曾经被许多伟大的帝国缔造者所统治，诸如在巴比伦逝世的亚历山大；旭烈兀可汗，成吉思汗的孙子；以土耳其为中心的奥斯曼帝国；还有二十世纪初，英帝国扶植的傀儡君主国。

经过几十年的动荡，1958年，阿比德·阿尔·卡里姆·卡希姆将军领导的左翼民族主义发动政变，刺杀了国王法赛尔二世。与英国关系密切的国王被枪杀于皇宫的花园里——从而切断了伊拉克与英国的纽带。

在军队里，权力斗争、领袖替换像走马灯似的，直到萨达姆·侯赛因在1979年成为总统。作为政治新星，萨达姆的政途始于1968年，复兴社会党在当年7月17日的革命中夺权，萨达姆得以控制了国家安全局。他成功地抑制了政界和军界之间的冲突，以铁腕著称，这也成为他一生政治生涯的概括。

在伊拉克，持有不同政见是绝对不允许的，对萨达姆或者他的家族统治来说，有人提出任何异议的后果都将是可怕的。幸运的，只是被打伤致残；严重的，最终归入统计数据，成为被其追随者杀害的千万人中的一员。

萨达姆对伊拉克的统治也曾有过积极的一面。在统治早期，他采取了一系列改革措施，把伊拉克推向了中东社会经济发展的前列。国家公路系统得到大规模的扩展，政府还投入大量资金兴建了医院和学校。基础教育和高中义务教育制度步入轨道，实行免费的全民医疗。工业，尤其是采矿业，得到了很好的发展，大笔资金被注入偏远地区，尤其是那些人口比较稠密的地区。国家农业体系也进行了彻底改革，大面积的土地庄园被分割成小块儿分给农户，并在许多地区首次建立了供电系统。

萨达姆统治的最初一年多，是伊拉克的繁荣昌盛期，然后，就进入了长达八年的两伊战争。

严酷的战争，把伊拉克的经济彻底拖垮。许多勤奋且受过良好教育的人们发现，自己从事多年的职业所带来的收入甚至不足以糊口，不得不改行干手艺活儿养家。但是更多的家庭，被迫变卖家产来养活一家人。

当年毕业后，我在巴格达做医生，月薪仅一美元！每次领到工资，买上一罐可乐和一小份快餐，一个月的薪水，在兜里最多待上几个小时，就被我“挥霍一空”。

伊拉克有别于任何经过长期稳定发展的西方国家，这里聚集着大批焦躁不安的人群。民众在文化、社会习俗上差异很大，他们的价值观和实现生活充满矛盾。在伊拉克，忠诚的信众长期隔绝，进而导致四分五裂。

从地理角度看，在北部，库尔德人一直争取在库尔德斯坦地区自行建国。在西部，费卢杰和拉马迪不间断地发动起义，安巴省几乎成为自治地区。那里主要被沙漠覆盖，居民都是以部落游牧为主的逊尼教众。在南部，巴士拉居民与巴格达有着历史久远的恩怨。

在中东地区，伊拉克和伊朗的紧张关系可以追溯到几百年前。两伊战争开始于伊拉克对伊朗边境的多次攻击，萨达姆认定这些区域为伊拉克领土，实质上是看中了伊朗的油田。伊朗也不甘示弱，以轰炸临近边境的伊拉克村庄作为报复。一周之内，萨达姆宣布那些地区已被解放，进而退出 1975 年达成的《阿尔及尔协议》，同时却一直否认伊拉克有任何对伊朗宣战的企图。

可是不久之后，萨达姆就命令伊拉克军队攻击伊朗边境，为正式的战争拉开了帷幕。伊朗的软弱反应，让人们更加认定伊拉克会快速地获得军事上的胜利。到了月末，伊拉克发动了地面与空中进攻，伤亡惨重的大规模战争全面爆发。

我们从美国回来不久，早期的空袭慢慢减弱，巴格达的生活开始重回安宁。实际上，1983 年之后，我就不记得还有什么空袭了。但是在 1981 年发生的一场袭击，让我至今庆幸自己能够幸免于难。

我母亲的一个妹妹和她的丈夫，从战乱中的巴士拉逃亡，当时和我们住在一起。一天早上，空袭警报突然拉响了，我们就像往常一样冲到外面去看热闹。这次是两伊的战斗机在巴格达空战，对一个八岁的男孩儿来说这可真是够劲儿。

我的姑父，很勇敢地把我扛在肩头，我们就这样站在车道上，仰望着上空的激战。突然，一架伊朗幻影式战斗机从小范围战斗中分身，向我们冲来。它先是向我们正前方的一个标志牌发射火箭，之后又继续飞近。姑父和我都被眼前发生的一幕惊呆了。飞机朝着我们的方向轰鸣，飞行员开始用机关枪向地面扫射，离我们的距离也越来越近，直至子弹掀翻对面公园的草皮。仅仅几秒钟，我们眼前的土地也被机关枪的子弹炸开，而我和姑父仍然傻站在那儿不敢动。伊朗战斗机向我们射击，子弹射入车道，有的呼啸着从我们耳边飞过。后来发现，其中三枚还射中了我们的房子。万幸的是，袭击的结束竟然和开始一样突然，这架飞机吼叫着冲回天际，直至在远方被地对空导弹击落。想想看，对我们家房子的扫射成了这名飞行员的最后壮举。直到今天我仍不清楚当时为什么姑父没有跑回相对安全的屋里，想想真是愚蠢，作为很容易被攻击的目标，飞行员毫无疑问地看见了我们，并且是朝着我们进行了有目的的射击。我们没被机关枪的子弹打成筛子已是万幸。

当时，八岁的我还不能理解整个事件的严重性。可是，母亲显然能够意识到，战斗机刚刚飞离，她就冲出房子，用她可以调到的最大嗓门，大骂愚蠢的我们。之后，我找到了两枚击中我们房子的子弹，子弹很大，有我的手掌那么长，大拇指的两倍那么粗。一枚射入了房子的墙壁，另一枚击中了屋顶的空调设备，把空调机的外壳打了个大洞。幸运的是，这些损坏并不算严重，很快就修好了。更重要的是，我和姑父都还活着！

到了 1980 年年底，战争开始出现僵局。因为伊朗的空中反攻大幅度地摧毁了伊拉克的军事设施以及军队供给线，伊拉克的入侵计划实际上已经被迫中止。伊朗的空海联合行动进一步严重地打击了伊拉克的海军，并且几乎完全摧毁了伊拉克南部的雷达预警系统，这意味着伊朗已经可以轻而易举地包围阿巴丹——这座被伊拉克军队入侵的波斯湾内陆城市。由于实力耗减，双方都把战略调整为防守，以维护现有领土的安全，同时努力恢复自身的军事实力。

到了 1982 年年初，战争重心转移。伊朗开始发动袭击，什叶派赢得了一场决定性的胜利，收回了库吉斯坦省南部的大部分地区。这之后的两个月，伊朗进一步扩大战果，让萨达姆除了撤回他士气低落、疲惫不堪的军队外别无选择。

让局势更加严峻的是，叙利亚为了表示对伊朗的支持，关闭了石油输出管道。这让伊拉克无法运送石油到达停靠在地中海的油轮，严重动摇了伊拉克的经济基础。尽管沙特阿拉伯给予了伊拉克大量的经济援助，但战争给伊拉克经济带来的影响日益明显，战争局势也变得更糟。

在伊拉克，军队士气开始低落，人民对战争开始失去信心。南部地区受战争影响最大，人们背井离乡，涌向巴格达。当时，南部地区受到沉重的打击，位于阿拉伯航道的阿巴丹以及巴士拉地处战争的交界带。而在巴格达，生活倒还没有什么太大的变化。在那里，空袭消失了，食物供给充足，工业和交通的石油供给也从未中断。

但是到了 1983 年，即使巴格达的上流社区——阿·姆斯坦思日阿，也开始发生变化。战争对人们原有的生活方式产生了巨大影响，每个人都沦为战争的受害者。那一年，伊拉克暂时关闭了边境，这给许多事情画上了句号，至少在当时看来是这样的，我们一家人再也不可能去国外旅行了。

两年后，随着被称为城市之战的地面战争开始，局势进一步恶化。伊拉克用对伊朗主要城市的空袭和导弹轰炸拉开了新的战争帷幕，袭击的对象包括伊朗首都德黑兰。大多数的袭击被伊朗的防空系统或战机拦截，但是所造成的破坏足以让什叶派的宗教领袖阿亚图拉头痛。之后，伊拉克致力于使用飞毛腿导弹，甚至开始使用更致命的武器袭击伊朗。

作为反击，伊朗也从叙利亚购买了飞毛腿导弹，并用它们袭击伊拉克的主要城市，当然也包括巴格达。导弹袭击的同时伴随着对边境城市的大规模炮击。飞毛腿导弹让人们十分恐惧，主要是因为袭击毫无规律可循。这种完全无法预测的攻击方式没有先兆，导弹无视白天黑夜地冲向巴格达。另外，飞毛腿导弹不是一种十分精确的武器，所以经常可以看见导弹肆意乱飞。

空袭警报会在导弹临近时拉响，那时我们会冲下楼，但家里并没有防空洞，楼下因为有更多的水泥掩体，所以相对安全一些。我们听着导弹呼啸着飞过屋顶，那两三秒钟总是显得十分漫长。噪声和导弹坠落的不确定性同样让人心绪不宁。接下来，我们会听到很大的爆炸声，并为自己逃过一劫而暗自庆幸。

爆炸声响过之后，和早些年看战斗机一样，我们会冲到屋顶，去看那枚导弹在哪儿落下并且造成了多大的破坏。我记得曾有一枚落在了附近的高中校园里，另外一枚击中了离我们家两三公里处的高速公路。幸运的是，因为伊朗的飞毛腿导弹设计上并不太成熟，所以还不能精确地击中目标，大多数落入了底格里斯河，没有造成太大的伤亡和破坏。

但是伊拉克的经济可没有这么幸运，它已经被战争彻底摧毁。那个时期，老百姓已经开始因为经济的衰退而饱受困苦，这远远超过了来自炮火的直接威胁。

1980 年，伊拉克曾经在本地区处于经济领先地位，并且是个债权国。两伊战争结束了这一切。伊拉克的石油产量在战争的第一年就减少了三分之二，产油业的收入减少超过半数。除去战争因素，科威特和阿联酋都扩大了石油产量，增加了输出量，世界油价大幅下降。

与此同时，军备支出急剧上升，这进一步把国家经济拖向深渊。由于伊拉克的第纳尔币值持续下降，进口商品变得越来越贵。经济发展减速，失业率上升，而工资水平却没有什么变化。如果比较 1979 年至 1981 年的状况，就可以明显看到人们的生活标准急速下降。许多受过良好教育、之前可以过着优裕生活的人们开始失业；有钱人发现收入大幅度减少，再也住不起像穆斯坦希尔这样的富人区。我们多年的邻居卡迪许一家也卖了房子，搬走了。之后陆陆续续还有许多人家搬离，我们的新邻居和之前的友好家庭不太一样，有许多是卡车司机，他们总是把卡车停在以前的儿童游乐场上，一点儿也不在意别人的感受。新邻居们的穿着也不同以往，老邻居们大多穿着西式服装，而穆斯坦希尔的新移民们几乎都穿着阿拉伯式长袍，趿着拖鞋。

这些都意味着国家和个人的生活发生了翻天覆地的变化。步入少年时期的我开始意识到再也无法回到从前了。告别天真无邪的童年，让我深感悲哀。

几年后，我升入了巴格达学院，学校拥有超过十英亩的校园以及数百名学生。这是一所知名学院，始建于 1931 年，是在当时教皇的要求下，由美国新英格兰来的耶稣会会士设立。学校原来属于私立，但在六十年代末，复兴社会党命令所有的传教士离开，之后掌控了学校的管理权。被接管之后的学校不再是一所收费昂贵的私立学校，而是向全民开放。校服很快就不复存在，但有趣的是，老师们仍然穿着制服，外衣是一件有些像实验室工作服的白大褂，里面是有领衬衫和领带。

我进入巴格达学院时，已经是八十年代末。学校收过许多那个时代里的权贵子弟，最有名的是萨达姆的两个残暴的儿子乌代和库赛。他们在那时就已无法无天，要么耀武扬威地带着保镖在操场上乱晃，要么无视校规，把他们的奔驰汽车或是四轮摩托车开进学校。因为校外有足够多的停车位，所以学校是不允许车辆进入的。可是乌代和库赛认为他们无须受任何条例的约束，为所欲为地把车驶进校园。

我入校时，乌代已经毕业，我听说，他聪明，但是粗鲁无礼。我的一个叫阿墨的堂兄在校时，经常和乌代以及他的亲信们一起打篮球。阿墨是个优秀的篮球手，我猜这是他能够进入乌代的社交圈的原因。万幸的是，这些并没有让阿墨的前程进一步染上污点。现在他在南非的约翰内斯堡做电机工程师。

库赛和我同期。在教室外我尽量避免遇上他，因为很显然他是个危险人物。如果说乌代还算得上是个十分聪明的人，库赛却笨得像块石头。我还记得他在一次期中考试中只得了 4 分，这大概可以代表他的智力水平。

更让我担惊受怕的是萨达姆的侄子奥马·奥·提塔提。上课时他是我的同桌，和他接触在所难免，但我们没进行过什么交谈，在教室外我也尽量远离他。奥马愚蠢自大，充满着火药味儿。我记得有一次校长决定禁止奥马和他的保镖们开车进入校园。于是奥马便威胁要辞退校长，最后校长能保住工作和一条命已算幸运。而此次事件对奥马和他忠诚的朋友们完全没有产生影响。他们仍然无视校规，自行其是。

我们的历史老师是另外一个幸免于难的人。九年级的时候，在开学的第一天他走进教室，开场白是："我用一句话总结了你们的历史：'你们都是杂种。'"

这个开场白可真是个吸引学生注意力的好办法。当然这也可以理解，初次应对一群十多岁的男孩儿可不是件容易的事。不过奥马可不乐意了，认为受到了严重的侮辱，站起来向老师发难。

"你怎么敢这么说！"他吼道。

很明显奥马当时已经到了失控的边缘，但幸运的是，那个老师似乎有备而来。他冷静地回答奥马以及其余学生："让我来告诉你为什么你们个个都是杂种。伊拉克民族已经被你数得出的所有其他种族渗入，这是为什么我们可以看到各种背景的人们，各种肤色，以及各种颜色的眼睛，蓝眼睛、棕色眼睛、黑眼睛。"这个老师的机智回答轻松地化解了局势，于是奥马略带疑惑地坐了下来。

我和奥马只发生过一次正面冲突，那时我大约十五岁，正和我的朋友马纳夫走过校园，奥马不知道为什么突然开始向我扔石块儿，其中一块还打中了我。当我一注意到他时，他就朝我喊："哎，你……你到底是什叶派还是逊尼派的？"当时我已经决定不归属任何宗教教派，更重要的是，我要尽量避免和奥马产生任何争端。所以我含糊地回答："我不明白你说的是什么意思。"

奥马傲慢而轻视地在笑。"什么，你竟然不知道你信什么？你这个傻瓜。"他边说边走开了。奥马发现侮辱其他喜欢争辩的同学更加有趣。还有许多别的事让奥马对这个世界以及自己所处的位置产生妄想。有一个阶段，他准备参加学生会的竞选，于是在学校大礼堂召集了整个学校大约四百个学生。然后他站在学生们面前，追问道："谁是复兴社会党员？"

之后他把我们分成两组，党员们被带到了礼堂的一边；而把包括我在内的非党员们带到了另一边。奥马开始一边做着夸张的手势，一边痛斥非党员们，甚至声称我们是叛徒。我们当然都知道在那个年代，被说成是叛徒，有着多么严重的后果。幸运的是，班上还有一个权势人家的孩子——马塔伯·奥·提塔提。马塔伯的父亲是萨达姆家族提塔提一系的领导人。要找到一个和萨达姆的子侄不同，又敢于反对奥马的人可真不容易，马塔伯是个好小伙儿，聪明，也愿意为别人着想，并来自较好的社会阶层。当我们这些非党员们在奥巴的咆哮中瑟瑟发抖时，马塔伯站了出来，让他闭了嘴。

"你这样是不对的，"他告诉奥马，"如果你想要人们追随你，你用的方法可完全不对，你应该作为表率来带领他们，而不是对他们大喊大叫。"马塔伯解散了众人，我们赶紧溜向操场，总算松了一口气，同时暗自为有人站出来和那个有权有势的小丑对抗而高兴。

毫无悬念地，虽然是通过威胁而非真正意义上的选举，奥马还是在竞选中获胜了。这使他拥有了一些特权，譬如可以组织各种学生活动。不过，和比我们高几届的他的亲哥哥马大相比，奥马也算是成功多了。

马大和萨达姆家族的其他人一样，是个彻头彻尾的禽兽。他的竞选毫无疑问地充斥着恐吓和威胁。马大因为差了两票而落选，这进而演变成了一场灾难。因为不愿意服从民主选举的结果，马大让他的保镖们把赢得竞选的那个学生狠狠地揍了一顿，直至把他的脊椎打断，再把他扔到河里，让他自生自灭。那个学生倒是活了下来，不过他从此瘫痪，一生就此毁了。

学业方面，当年教育系统把除了宗教之外的所有科目都定为必修课。宗教方面没有考试，大概是因为伊拉克当时的世俗化，以及有相当数量的基督教教徒已经与穆斯林长期共存。我们必须努力掌握所有填塞给我们的知识。我更加喜欢科学类科目，这让我对今后事业的选择有了一些概念。但是我不喜欢数学，总是得费好大的劲儿才能说服自己数学也是一门有趣的学科。

户外运动中，我喜欢踢足球。而且可以毫不夸张地说，我是个很不错的前锋，在比赛中进过不少球。但是我的球技在校内施展不开，因为奥马是另一个队的，球场的唯一法则是，他的球队每次必须赢！不过我为学校球队踢时，成绩还算不错，之后参加了巴格达大学队，甚至曾考虑进入半职业培训。但是，不可避免地，我得在踢球和学业中作出选择，最后我还是选择了后者。

巴格达学院有一所联谊女校，有着相似的传统和历史，这就是奥·阿吉达女子高中。它成立于1928年，原来是一个贵族式的天主教学院，主要招收政经要人、法官以及上流社会家庭的女儿。在青少年时期，我们和女孩子的接触主要来源于这两所学校之间的交流。女生们经常会使用我们学校的图书馆和实验室，有的时候，和我们一起组织校际郊游。日常生活中，两所学校的校车使用同一路线，也停靠相同的站台。所以很正常地，我们和女生们成了朋友。

在校外，我们一起去吃汉堡包，喝饮料，就像西方国家的少年们一样，大家很轻松地交往。当时，很少有女生全身包裹，几乎所有的同学都穿着西装。随着伊拉克经济下滑，大家都不再宽裕。这也影响到我们家。我一直习惯于有人照看日常家务，这已经成为基本生活的一部分，而那些雇员也成了家庭中广义上的一分子。

当然，作为孩子，我并不用参与家庭的经济问题，甚至不是十分清楚国内发生的这些重大事件会带来怎样的影响。所以当我们开始收紧开支时，对我而言完全是个不愉快的意外。

我记不清谁最先离开，但是我们先后失去了司机、管家和用人。他们走了以后房子里总有一种空荡荡的感觉，但是实际的问题更加紧迫，必须得马上解决。

母亲最终取代了管家开始烧饭。这对全家而言都不是一件好事。

我不认为她喜欢这个差事——如果礼貌地评价——烹饪也并不是她的天赋，不过我们还是习惯了日常饮食中的米饭、豆子，或者烧了以后不知道是啥的肉。在那个非常时期，在我们生活中的其他方面，让人们可以意料的实在是太少了……

3. 城市中的梦想 · 轰炸中的巴士拉

Downtown dreams to bombing in Basra

在与伊朗的战争中，有些比战争更可怕的真实故事。事实上，两伊战争的破坏性，在二十世纪中仅次于第二次世界大战。

各方对战争中伤亡人数的统计报道出入很大。但是粗略估计伊朗死亡人数多达七十五万，而伊拉克军队和平民死亡总数也达到了二十五万。伊拉克东南部以及伊朗西部的大部分地区都在拉锯式战争中遭到重创。

到了 1988 年年初，萨达姆基本上已经抑制了伊朗的军事主力，并再一次在战争中取得优势。伊拉克发起了新一轮的城市之战，向伊朗主要人口聚居地发射巡航导弹和光导炸弹。德黑兰和伊斯法罕几乎每天都被轰炸。相对而言，伊朗的反击中导弹的数量要稀少许多。

从 7 月中旬开始，人们听到战争即将结束的传闻。可是正当我们对和平重燃希望的时候，刚刚聚集起来的一点儿乐观情绪瞬间就化作泡影。我们收到消息，表兄瑞伯在苏莱曼尼亚省北部靠近彭加为的山区阵亡。他乘坐的军用卡车被伊朗迫击炮击中。瑞伯当时只有二十二岁，有两个兄弟：阿里和博山，他们几年之后在我的生活中起到了很重要的作用。

瑞伯的死让我第一次亲身经历了穆斯林葬礼仪式。

瑞伯在战场上阵亡，成了烈士。他死后尸体并不用清洗，原因是殉道者被认为是洁净的。他的棺材上盖着伊拉克国旗，葬礼之后，国旗将在他的墓地停留四十天。葬礼一共持续了三天，依照传统，结束时会有大型的宴席，主人宰羊招待宾客。任何人都可以走进门来，为死者祷告，饱食之后便可以离开。这对死者一家来说可是一笔很大的开支，但是这个仪式已经成为宗教传统的一部分。父亲曾经教导我，这个传统也许来源于中世纪天主教教理：与穷人分享食物，换取他们的祝福祷告，这样就可以为去世的有钱人打通从炼狱到天堂的阶梯。

到了第七天，在死者的家里会再举行一次仪式。这一次，男人和女人共处。之后同样的仪式在第十四天会重复一次。死者的女性近亲直至死者去世满一年的时间里，都只能穿着黑色衣服。

就在我们对瑞伯的哀悼刚刚开始之时，广播里传来和谈正式启动的声音，战争真的快要结束了。到了 1988 年 8 月初，双方终于达成了和平协议。

战争结束后，巴格达陷入了一片欢腾，这是一个全城范围旷日持久的狂欢聚会。特别有趣的是，狂欢的主要节目是泼水。在街上，人们互相用水枪喷射，或是用瓶子向周围的人泼水。这样持续了大概十天之久。我不是很清楚一切是怎么开始的，传闻中是因为一些孩子用水枪朝萨达姆官邸的国家卫兵喷射，于是这些萨达姆的精英卫士们也向孩子们泼水作为反击，水战随后蔓延到了全城。

狂欢结束后，我们以为萨达姆会集中精力复苏经济。他却采取了完全相反的策略，大幅度地增加了军备开支。萨达姆经常在电视上出现并宣布新的军事动态或者展示新型武器装备。

显然，这让西方国家，尤其是以色列越来越担心。事态在 1989 年年底激化，在伊朗出生的英国记者法沙德·本主法特，在巴格达机场被捕。导致他被捕的直接原因，据说是因为法沙德参观了巴格达南部的一个火箭组装厂的爆炸现场。被捕之后他在因虐囚而臭名昭著的阿布格莱布监狱被单独监禁了六周。法沙德再次出现，是在伊拉克电视上，屏幕上的他一脸茫然，极其虚弱，承认自己是以色列间谍。从各个方面看都不可能是真实情况。

英国外交部、欧盟委员会，以及全世界新闻记者组织都向伊拉克施压，结果统统无效。法沙德在短短一天的庭审之后就被宣判为死刑，并且不可上诉。宣判之后没几天，他就被绞死了。之后，英国政府向伊拉克施压要求运返尸体，归还给法沙德的父母。在没有得到任何回应的情况下，一口棺材毫无征兆地出现在伦敦希斯罗机场，上面只贴有一张小条子："撒切尔夫人想要他，于是我们把他放在盒子里送来了。"

这一事件反映出萨达姆政权的残暴，并且导致了伊拉克和西方国家关系的进一步恶化。大多数国家的领导人因此认定萨达姆危险而且无法预测，极有可能成为点燃破坏中东脆弱外交平衡的导火索。这让伊拉克在外交上更加孤立。不久之后的一系列事件，让西方国家找到了显示他们威力的机会。

步入高中不久，我就已经决定像许多家族成员一样学习医科，另一个选择是像父亲一样学习法律。我计划去国外学习，当时已经被纽约大学医学院录取，并支付了学费，订好了 9 月飞往美国入学的机票，一切似乎都已经安排就绪。

直到 1990 年 8 月 2 日，距离计划中令人兴奋的人生新阶段不足一个月，萨达姆入侵了科威特。

科威特在两伊战争中曾是伊拉克的坚强盟友，并在伊朗关闭阿拉伯水道封锁巴士拉时，向伊拉克提供了替代港口。不仅如此，科威特以及海湾的波斯君主们还向伊拉克提供了大量的军事援助。但这也正是争端的起因。正处于严重的经济危机之中的伊拉克，试图与科威特以及其他主要债权国讨价还价。萨达姆的理论是，伊拉克向伊朗发动了战争，抵制了伊朗在伊斯兰国家中的不良影响，伊拉克是伊斯兰世界的英雄，所以理应得到其他中东国家的支持。伊拉克的经济危机因为国际油价突然大幅下降进一步恶化，造成这种局势的一部分原因在于包括科威特在内的许多海湾国家，不顾石油输出国组织的协议，提高了产量。在萨达姆政权介入之后，石油输出国组织在1990年提高了原油输出价格，但是海湾国家仍然担心，野心勃勃的伊拉克会再一次扩大影响力，扩张边境。

日益高涨的危机，再加上科威特丰富的石油储量，这个在伊拉克南部的小国家对巴格达的复兴社会党充满诱惑。萨达姆当然不会公开承认这是他向南部边境扩张的真正动机。他宣称科威特在历史上从来都是伊拉克主权的一部分，因为二十世纪初被英国强行分割，才演变成两个国家。

两国之间的矛盾日益升级，伊拉克和科威特卷入了鲁迈拉油田争端。伊拉克认为科威特在边界采用水平钻井技术，开采了其无权染指的价值两亿四千万美元的伊拉克油脉。外交矛盾持续升温，进而导致了军队在边界集结。

7月25日，美国驻伊拉克大使埃普丽尔·格拉斯派和萨达姆以及副总统塔雷奇·阿齐兹进行了会谈。这后来被证实成为历史的又一个转折点。至少有两种会谈的记录文本被公开，虽然细节上有所出入，却有一个共同点——埃普丽尔告诉伊拉克人："我们对阿拉伯国家之间的争执不作任何评论。"并对伊拉克南部边境的事端评价为："与美国无关"。

萨达姆对这次会谈的理解是，如果伊拉克入侵科威特，美国不会介入。由此，伊拉克和科威特的争端日益激化，阿拉伯联盟不得不采取相应举措以缓和双方矛盾。并于1990年7月底，在吉达召开了特别会议。然而会议后，伊拉克却进一步施加压力，要求科威特提供一百亿美元的赔偿。科威特为此提出了协商性赔偿金额，但被萨达姆拒绝，并随即命令入侵科威特。

很显然，从事件发生的那一刻起，我去美国学习的计划便彻底成了泡影。进出伊拉克的航班受到了影响，更何况，我也不可能在局势如此混乱和前景未知的时刻离开我的家人。让事情变得更加糟糕的是，巴格达大学医学院的入学申请已经结束，这意味着我在本市读书也失去了可能性。剩下的唯一选择只有去巴士拉大学，虽然这也是一所历史悠久的医学院，但是所在地靠近让人忧心忡忡的战争前沿——科威特边界。即便如此，我认为这已经是目前最好的受教育机会，赶紧匆匆填写了入学申请。十分幸运，我被录取了。

巴士拉是伊拉克第二大城市。它始建于十七世纪，到了二十世纪七十年代中期已经拥有一百五十万人口。因为长期处于战乱的中心，频繁地被轰炸，到两伊战争结束时，人口已经减少了近三分之二。在这个城市的周边有大约全国百分之十的石油储量，因此，理论上它应该是伊拉克最富裕的城市。可是石油带来的财富让首都成了主要受益者，而巴士拉的潜力和重要性总是被忽视。

我在七十年代末和家人去过几次巴士拉。当时这里是一座充满活力的城市，拥有许多酒吧和俱乐部。对于科威特和沙特阿拉伯国民来说，这是一块极具诱惑的旅游胜地。因为本国禁酒，他们在这里却可以找到酒吧和妓院。要知道，当时沙特还不是十分发达，而迪拜也还没有那些用以吸引游客的大型度假村。

而1990年的巴士拉已经不再是我所熟知的国际化都市。在近几年的战争中，煤气水电系统全部被破坏。电力供给受到影响，断电成为生活中的常事。饮用水质量很差，道路被炸毁，医疗系统处于半瘫痪状态。如今，仅仅在极短暂的喘息之后，巴士拉再次被推向战争前沿。

军事上，科威特与伊拉克根本不在同一水平线上。当时，伊拉克拥有世界上第四大军队；而科威特只有一万六千名士兵，更糟的是，这些科威特士兵还都是几周前刚刚被召集起来的。所以，几乎没遇到什么抵抗，伊拉克的战争机器就在几天之内扫平了科威特，一直推进到科威特与沙特阿拉伯交界处。

这时国际外交开始介入。1990年8月6日，联合国安理会通过决议，对伊拉克的军事行动表示谴责，并决定采取经济制裁。制裁包括：限制伊拉克出售的原油数量，禁止与其进行除食品以及药物以外的所有其他贸易经济往来。

经年累月的经济制裁严重地摧毁了伊拉克的经济。

紧接着，布什政府启动了“沙漠之盾”计划，并向沙特派驻了第一支美军部队。联合国在11月末向伊拉克发出最后通牒，令其必须在1月15日之前从科威特撤军，否则必将面临军事打击。与此同时，进行中的和谈没有任何突破性的进展。

为大学入学作准备的时间所剩无几，我采取了最快的途径：飞往巴士拉。一个堂兄同时出发，帮我把车从巴格达开过去。飞机很明显是侵略时掠夺来的。机舱外面虽然匆匆地漆上了伊拉克航空标志，可是机舱内部装饰，一看就知道是科威特风格。当我到达巴士拉时，尽管战争已经结束，但是战争的痕迹无处不在。整座城市已经完全被伊拉克军队控制，无论是市中心还是周边到处都设立了检查点。伊拉克的秘密组织在城市中十分活跃。

在伊拉克各地，男人们必须随身携带一本兵役证书，看起来有些像护照。小本子可以证明你的兵役状况，是应征士兵、储备士兵，还是因为读大学延迟服役。你在任何时候都不能少了这个小本子，不管你信不信，我们甚至连上厕所时都得带上它！另外还需要随身携带工作证或学生证、驾驶执照。在巴士拉，还得随时带着公民证书。

虽然从 9 月到联合国最后设定的期限——1 月 15 日之间，一切看起来风平浪静，但人们仍然能感觉到局势越来越紧张。当地人经常可以看到载有大型坦克的卡车、补给车辆，以及大股的军队向南进发。凭借萨达姆早期建成的发达的高速公路网，伊拉克军队得以快速行进。

我住在堂姐尼达家。尼达比我大十五岁，有一个十五岁的女儿和一个八岁的儿子。她的丈夫，拥有博士学位，曾经是伊拉克海军里的高级军官。两年前因为一次在他管理的军舰上酒后失言，不得不成为难民逃往国外。事情发生在圣诞节，当年在伊拉克这也是个被大众庆祝的节日，堂姐夫当时是护航舰依宾·肯哈度的二把手。该护航舰是海军的训练舰。他们正在红海上航行，堂姐夫多喝了点儿，于是说了些萨达姆的坏话。因为他是高级军官，当场并没有发生什么。但是当他们回到巴士拉的时候，同船情报部门的官员向相关机构作了汇报。幸运的是，同事悄悄地通知了堂姐夫，告诉他已经被举报。事态变得很明朗，如果他不采取行动，势必会面临严重的后果。于是他跳上了一艘船，逃往了荷兰，直到今天一直生活在那儿。

搬完家并且匆匆忙忙办理了入学手续，第一天的大学生活可真是让我大开眼界。你可以轻易分辨出哪些是本地学生，他们的衣着色彩单调，主要是棕色、黑色、灰色和白色，许多女性佩戴头巾。而从巴格达来的人衣着要鲜艳许多，大多穿着西式服装，看起来神情也欢快得多。

开始的时候，同学们基本上根据家乡划分社交圈。大约有十个从巴格达来的同学，同学们的信仰包括什叶教、逊尼教以及基督教，起初的几个月我们大多数的课余时间都一起度过。后来才渐渐地和当地同学熟悉，而且很快发现他们十分友好。你只要稍微揭开表象就会发现，他们因为自己的城市被政府忽视而充满怨恨。去他们家里做客，总是受到最热情的款待，即使家境一般，也一定会把能找到的最好的食物拿出来款待我们。

学校教育受到战争的严重影响。部分教授已经离开，这使原有的学术水平有所下降。但幸运的是，留下来的教师从某种程度上维持了学院应有的水准。虽然比不上巴格达医学院，但比这个地区大多数的大学要出色许多。

在巴士拉有两家大医院，都是我们的教学医院。阿·塔勒米医院是沙特阿拉伯水道堤岸边的一幢高层建筑，在城市的东边，离市中心并不远。它看起来更像一家有河景的酒店，与萨达姆的行宫只有一墙之隔。面对行宫的一面，所有的百叶窗都必须永远关闭，以防止任何人偷窥。阿·塔勒米医院离大学约十五公里，拥有基础科学课堂和实验室设施，学院的图书馆也在那儿，所以大学的一、二、三年级在那里上课。另一家医院，阿·吉姆瑞（共和医院），历史悠久，是一幢位于西南区的两层楼建筑，学生到了四、五、六年级在那里上临床课。

复兴社会党在这些医院里不是十分活跃，人们对萨达姆似乎也没有那么恐惧，并敢于说出自己的想法。你经常会听到不同政见，当然是小声地私底下议论。当萨达姆的秘密组织在别的地区兢兢业业地打击不同意见人士时，在巴士拉却要困难许多。在医院以外，这个城市有着比巴格达强劲许多的反政府暗流。所以不久之后，当萨达姆从科威特撤军后，巴士拉成了反叛武装的起始地，就一点儿也不让人惊讶了。这座城市有着浓郁的宗教色彩，曾经一度要求成立伊斯兰联邦共和国。与之相比，当时巴格达可不是一个宗教色彩很浓的城市。

随着从科威特撤军的最后期限逐步临近，巴格达的气氛越来越紧张。萨达姆不顾这个最后通牒，声称这只是联合国的恐吓，并对其置之不理。

当时正值我们的期中考试，我们一天绝大多数时间都在学习生物学。空闲时，一有机会就尽量了解事态的发展。比较可靠的消息来源于英国国际广播电台、美国之音和蒙特卡罗电台。未来局势中存在的各种不确定因素，让我们甚至分不清该为战争还是考试作准备。当时，我们这些从巴格达来的学生出去吃了顿晚饭谈谈局势，也都与父母讨论了紧急情况下该怎么办。我打到巴格达家的最后一个电话是在 1 月 16 日，父母的意见是让我赶紧回去。

最终，我还是决定留在巴士拉，因为我怕万一战争没有发生，错过生物学考试。如果稍有先见之明的话，就会意识到考试是件多么微乎其微的小事儿，但当时我可真不知道将来会怎样。我的堂姐尼达决定离开巴士拉。因为大家都觉得我一个人住太危险，所以当她们一家人收拾妥当向北出发后，我也锁上房门，搬到另一个阿姨的好友那里。她有三个和我年龄相当的女儿和一个比我大两岁的儿子。搬去和他们一起住的第一个晚上，我一直在为生物学考试作准备，午夜后才睡。

1 月 17 日凌晨两点三十分左右，我们被城市上空轰鸣的飞机声惊醒，爆炸声随之而来。以美国为首的联军发动了大规模的空袭，用以达到让伊拉克从科威特撤军的目的。空袭中联军出动了十万架次的轰炸机，扔下了近九万吨炸弹。

我们当晚没能睡觉。一大早，想到一定有不少伤亡，我六点钟就离开住所，直接开车去医院看看有什么可以帮忙的。医院里的局面比我想象的还要糟，简直可以说是混乱。所有的医护人员都在那儿，包括那些本来不当班的。他们在近乎狂乱的状态下救治伤员。没有什么人指挥协调，大家都各行其是。因为缺少统一调度，效率并不高。

急诊室里到处是被炸伤的人们，越来越多的平民涌入。所有的治疗室和过道上都挤得满满的。只要是原来有点儿空的地方，现在都是担架和伤员。从一开始，内科病房就被腾空用来治疗伤员。伤员以平民为主，其中大多数是晚上在供电站和苏阿巴石油炼油厂上夜班的工人，这两个地方是昨晚空袭的主要目标。从楼层高处可以看到，石油冶炼厂燃烧着熊熊大火，已经沦为人间炼狱。

我当时只是个刚入学五个月的菜鸟，连给病人静脉注射都不会，说得实在一点儿，我当时的主要从医经验只是穿着白大褂而已。我找到一名医生，告诉他我是一年级的医学生，问他有什么我可以做的。他告诉我去找住院医生和高年级的学生，他们会给我分配工作。我被派去处理那些不需要做手术的病人。给骨折的人上夹板，取出弹片，清理和包扎伤口，以及处理被乱飞的玻璃片造成的面部划伤。

轰炸持续了一整天，到晚上才停。我在医院里能清楚地听到巴士拉附近的爆炸声，以及美国大型轰炸机飞往巴格达方向的轰鸣声。黄昏我离开医院，开车在几个城区转了转，我所见到的城市受破坏程度可以以地区划分。在一个地方，我看到主要街道上全是瓦砾，但是找不到任何破损的建筑。我进一步观察，发现在沿街房屋的后方是一大片碎砖，我用了好一阵子才想起来这里曾经是一幢六层楼的通信中心。大楼如今已经被炸平了，只剩下街上的那些碎石瓦砾。这幢建筑显然是被轰炸的早期目标之一。我堂姐尼达的家就在同一条街上，也被炸弹碎片击中。因为碎片很分散，所以只有外墙和窗户受到损坏，主体结构没受什么影响。

巴士拉中心并没受到太多轰炸。在两伊战争中，导弹和大炮的轰炸早就让这里的人们习以为常。因为炼油厂受到了轰炸，所以加油站里已经没有什么油，但是其他商店第二天都已重新开门，人们的日常生活一如既往。

再来看看巴格达。凡是经济情况允许的家庭都计划着离开首都，到别处租房子，以躲避战争和空袭可能带来的灾难。大多数的家庭搬去了迪亚拉省的巴古拜，一座距离巴格达东北方向五十公里的城市。当时，那里仍是个果园遍野的安静地区。巴格达的有钱人都去了那儿，一方面躲避轰炸，另一方面因为那儿靠近伊朗，如果美国入侵，很容易离开国境。谁也不会想到，多年之后，巴古拜变成了一个对美国人来说相当危险的地方，成为自杀式炸弹的产地之一。

我父母行动晚了些，没有在巴古拜租到房子。所以他们去了一个叫苏韦拉的城市，在巴格达东南大约五十五公里处。这里是前任伊拉克总统阿卜杜勒·拉赫曼·阿里夫长大的地方，阿卜杜勒将军曾带领军队在 1958 年推翻了君主制。在战争开始前一周，我父母在苏韦拉租到一幢有八间卧室的大宅子，带领其他家庭成员搬了进去。我的叔叔，那个雕刻家，把他的德国出生的老婆送回了欧洲，随后和他的两个女儿——建筑师阿瓦·贾丝明，以及教师艾塞尔一起来到了苏韦拉。叔叔的女儿们现在都在英国生活。叔叔还有一个小儿子——依沙米尔，他比我小三岁。依沙米尔功课很好，高中毕业考了全国第二名的好成绩，这可是非同一般的成就。他学习法律，但是每年都故意让一门课不及格，这样他就能留在大学，而不被应征入伍。他把四年的课程拖成了八年，在快毕业之前，他赶紧逃离了伊拉克，去了德国。怎么说他都是个非常聪明的人……但是依沙米尔总是让家人担心。他认为自己是德国人而非伊拉克人，瞧不起家里的其他人。可是他去了德国后，发现自己根本难以融入当地社会，甚至还被一群新纳粹分子狠狠地揍了一顿。从那以后，他变成了虔诚的穆斯林。依沙米尔和一个堂妹结了婚，这在伊斯兰传统里很正常，但是他妻子不习惯把头蒙起来，这甚至也挑战了他的宗教信仰。依沙米尔总是和他的哥哥沙黑尔吵嘴。沙黑尔也是个非常出众的人。他参加过国家卫队，在一次美国空袭中被埋在废墟里，这给他造成了很大的精神创伤。当他最终从恐怖经历中恢复后，就把对军事的兴趣完全转移到了艺术上，成了一名艺术家，他现在住在荷兰。

我的家人正努力试图在巴格达城外安顿下来。我呢，却还滞留在巴士拉。随着时间的推移，事态越来越明朗。我决定不再考虑大学考试，而应该和家人们待在一起。第一天空袭之后在医院做了力所能及的工作之后，我大约晚上七点开车去了一个朋友那儿。当时朋友家里还有一个年长一些的、我之前从没见过的中年人。他是个工程师，四十五六岁的样子，英俊且衣着体面。而我，即将和他一起度过人生中最恐怖的一天。

4. 沙漠中的死亡之旅

Defying death in the desert

海湾战争的第一天让人疲惫不堪，紧张中夹杂着无限焦虑。到了朋友家后，我们开始讨论在战争中被迫滞留巴士拉的可能性，以及这里将有可能成为一个多么危险的地区。很自然地，在这样的情况下我越发地想念家人。选择摆在我面前：是去，还是留？

巴士拉所有的电信系统都已经中断，几天前和父母通话后，我就再也没有和他们联系过。现在，我甚至不能确切地知道他们人在哪儿，而他们也不知道我是否还活着。

我把我的困境向朋友以及工程师先生说了。我一提到想回巴格达，工程师马上就极力鼓动，恨不得立即付诸行动。他并没有说明原因，只是毫不犹豫地告诉我，他打算和我同行。他指出最关键的一点，那就是我有车，并且不停地追问，是否可以捎上他。

这个决定看上去似乎很简单。是的，我有车，一辆蓝色丰田花冠。家人买的时候是辆新车，给了我之后，我也一直认真保养，但是我还是怀疑这辆车能否承受这样的行程，平安抵达巴格达。还有另外一个问题，就是轮胎，伊拉克国产的本来质量就不行，而且现在已经磨损得很厉害了。因为没有什么别的轮胎可以替换，我们也只好把赌注全部押在这些老旧的轮胎上了。还有一件更让人担心的事是汽油，油箱里的汽油连一半的路程都不够用，全程有五百五十公里，美国人轰炸了炼油厂之后，几乎所有的汽油存储资源都被伊拉克军队征用，汽油严重紧缺。

“别担心这些，”工程师很简洁地说，“我在塞马沃有熟人，我们可以在那儿加油。”

在巴士拉和巴格达之间有两条高速公路：旧的一条在东侧，新的一条在西侧。向东而行的高速公路主要连接城市。而塞马沃在西侧这条高速公路大约一半的路途。不幸的是这条路相对来说要危险许多，因为途中要经过大面积荒无人烟的沙漠地带，即使在和平时期，也有一定的困难和危险。

现在，战争已经开始，当然还有大的麻烦，那就是西侧高速公路经过伊曼·阿利空军基地——这个伊拉克最大的空军基地，显而易见地会成为美军重点轰炸的目标，这已经不是什么秘密。在作为空袭目标的高速公路上行驶，我们可能被炸弹、导弹、机关枪子弹或是尖锐的碎弹片击中，说得婉转些，成为新闻中“附带损害”的一部分。

所以，我得正视现实，这绝不会是一次轻松的常规旅行。首先，我们得穿过荒僻的沙漠，之后我们或偷或借或者求人，才能找到能把我们送往首都的汽油。因为大规模的轰炸，我们并没什么把握公路仍然全程通车。另外，轮胎也许无法跑完全程。

显而易见，最大的危险是从正被世界上最强大的军事力量集中轰炸的空军基地边上开过。当我还在考虑各种可能性时，工程师不停地说服我作出决定。显然，他急着要回巴格达，而把我和我的车看成宝贵的机会。他的理论是，几天之后，空袭一旦被联军的地面行动所取代，巴士拉和南部地区在被攻陷后，会设立自治区，而我们，就会被迫长时期地滞留在这儿，他不愿意冒这个险。

想了想后，我同意了他的提议。而当我刚刚作了决定，工程师就开始催促："我们必须明天一大早出发；因为再晚一些大桥就都会被炸毁，我们就会失去通过的机会了。"他的先见之明被当晚的事态发展证实。对巴士拉的轰炸持续了一整夜，虽然目标多与军事和运输设施有关，但仍然给城市造成了极大的破坏，地面进攻势必会在这之后发起。

虽然整座城市正被轰炸，我晚上还是出了门，想找到大学里巴格达的老乡们。我当时考虑谁要是想回家，我可以捎上他们。但一个也没找到，我猜大多数人都已经找到了安全的藏身之地。

所以，还是按照原计划，没有别的人，旅途上就是我和工程师了。那天晚上气氛紧张，我们都难以入睡，因为不知道怎样的命运在前方等待着我们。

依照工程师的提议，我们很早就开始准备出发。我把行李装上了车，工程师也带了些东西，我们大约七点钟离开了巴士拉。我原本打算在车外面多少涂上些泥伪装一下。但是工程师说："不用麻烦了，美国人分得清军用和民用车辆。"直到今天，我都没弄清楚怎样才能像他那样自信。

刚开始的一段路虽然让人紧张，但还算容易。从正在被轰炸的巴士拉出来，按计划开到了郊区。离开巴士拉省后，我们就必须穿过幼发拉底河以及其他水系。桥梁是必经之道，但是它们已经被"仁慈"的美国人炸毁了，向沼泽区域延伸的道路也同样如此。除了在路上有被炸弹击中的危险，还有因为空袭造成的破坏某些路段也许根本没有通过的可能。但是我们那天很幸运。因为意识到让军队顺利通行的重要性，伊拉克工程队修复桥梁和道路的速度几乎与美国人炸毁它们一样迅速。在这一地区，幼发拉底河两岸间隔大约有七百五十米宽，之间有着大面积的滩涂。事先预计到桥梁将会成为主要的被袭目标，伊拉克的工程师们已经有所准备。桥梁一旦被炸，他们就迅速地铺设上百个巨大水管或者输油管，作为新的桥梁段基础，代替被联军炸毁的部分。大型的中空管道使水流得以正常通过，而紧压在上面的沙袋筑起了一条临时通道。新的通道往往在轰炸之后一两天内重建，工程虽然浩大却完成得十分迅速。这个以管道为基础替代道路的主意十分睿智而且的确很有效，当然有效期仅能持续到下一次轰炸之前。有些地方，在工程师们忙着修桥的同时，作为临时通道的军用浮桥就已经搭好。

尽管我们庆幸经过的所有桥梁都还处在可使用状态，但是开车经过它们仍是一场恐怖的经历。桥面都已经高低不平，而且仍是联军轰炸的目标。那些大型的战斗机总是在我们的上空轰鸣，我们时时刻刻都听得见，也看得见，它们任何时候都有可能俯冲下来，向我们将要通过的桥梁投掷炸弹。

但是，幸运至极，他们那天一定有更重要的目标，放过了我的花冠老爷车以及我们正在通过的那些桥梁。尽管说开车经过这些桥梁已经充分地刺激了我们的神经，其实最恐怖的行程还没开始。和估计的一致，那是在离开巴士拉几小时之后，穿过伊玛姆·阿利空军基地的路段上。我紧握方向盘，当然是试图以最快速度通过这条危险路段。我估计当时的时速大约有每小时一百公里。这听起来好像不算太快，但是得记住我们的环境是坑坑洼洼的道路、遍布的弹坑、上了年岁的丰田车和不太可靠的轮胎。让人更加紧张的是，部分道路被浓烟覆盖，不间断地被投下的炸弹以及导弹溅起的灰尘蒙蔽了视野，当我们一路颠簸而过时，不仅要看路而且还得看天，这样才能躲过下一轮的空袭。

我驶近空军基地时大约是早上九点钟。在路的右侧，我们可以看到自己即将面临的一切。空军基地位于一片空旷而平整的沙漠中，四周什么都没有，没有居民区，没有树，没有其他任何的遮掩。即使从很远的地方，我们仍然可以看到浓烟以及联军的飞机在它的上方盘旋。紧接着，当我们靠近一些时，就听见炸弹在钝钝的撞击声中落在我们四周。我早已惊慌失措，而工程师在这段痛苦难熬的经历中，始终表现得极其镇定自若。他坐在乘客座位上，好像对这一切早已习以为常。很明显，他比我勇敢得多。工程师发现我实在是被吓坏了，于是提供了一系列的建议，告诉我除了道路之外，什么都别看。他指出美军要炸的是基地而不是公路。

“你能开多快就开多快！”他冷静地下达着紧急指示。

从我们临近军事基地开始，到把它甩在身后，我们完全被美国空军没有间隙的轰炸以及四周成千上万的爆炸声包围。 我可以听见并且感觉到美国人击中目标后的冲击力，一次，再一次……爆炸的撞击力如此之强，感觉好像仅有几米之遥，足以把我们和老爷车都震得摇来晃去。

我当时真的以为我们即将被炸弹或者某个弹片击中。我确信我就要死了，到处都是烟，我甚至看不清车的正前方。我能做的只是双手紧握方向盘，右脚踩紧油门。我们尽量把头埋起来，把身体缩成一团，试图减少被击中的可能性。一路上，工程师和我聊天，试图帮助我保持冷静。这段路感觉好像开了好几个钟头，实际上，可能只花了不到十五分钟。但是在这十五分钟里充斥着恐惧、绝对的恐惧。

驶离伊玛姆·阿利空军基地，把狂轰滥炸留在身后真是让人有浑身说不出的轻松。相比之下剩下的路程要安全许多。我们仍然可以看到美军飞机，但是他们当天的空袭目标不包括通往巴格达的西部干线。但是我们的麻烦并没有随之停止，车快没油了。我们必须到达塞马沃，那个工程师有熟人的地方。在这段路上，如果车抛锚了，没有任何人会来帮助我们。沿途看到的画面充斥着死亡和毁灭的气息，无数伊拉克军用车辆被联军击中后被丢弃在路边。我们只有在过河时，才可以看到屈指可数的行驶的车辆，这些车辆和我们一起排队通过那些替代桥梁。原来繁忙的六车道高速公路上，如今只有数得出的几辆车通过，让人觉得一切都如同噩梦，让人不安。当然，这倒也没有什么好奇怪的，没有特别的原因，谁会蠢到把自己暴露在军事袭击的中心，尤其还是在军事基地边上。

终于到达塞马沃，我们发现被炸毁的桥梁已经被管道路段所代替。所有临近的供电站都被彻底摧毁了，成了一堆堆的碎石，不可能被迅速重建。很显然，工程师十分熟悉这座城市，指引我开到了某幢政府建筑前。这座建筑的外墙上没有任何标志，对于这个机构的职能我没有半点儿概念。工程师进去后不久，就拿着一封信出来了。我对信的内容也同样一无所知，我没问，他也没有作出任何说明。但很明显，它是可以得到汽油的通行证。我们来到了几公里之外的一个检查站，工程师给关卡的军官看了那封信。我坐在驾驶座上，竭尽全力表现得对这种事情老练在行。很可能，我们会被拒绝通过，当然，情况甚至可能更糟。当那个军官让三个士兵带我们去加油站时，我都不敢相信这一切竟是真的。加油站的大门上了锁，但是士兵们把门打开，并让我们加满了油。

当我们离开时，我悄悄地问工程师，我是否应该付钱给某个人。他只是摇摇头说："别担心这些，继续开车。"我特别听话，一路没停地开过古城巴比伦边上的希莱，到达苏韦拉，在那里我希望可以找到我父母以及其他家人。我对那幢他们租来的房子的位置只有模糊的印象。在上一次的通话中，他们告诉我从运动场前的大路一直走下去就到了。我们在黄昏时到达苏韦拉，绕了一阵子，就找到了那幢房子。当看见我不仅活着而且毫发无损地走进家门时，母亲一直紧绷的神经才终于放松下来。

父母当初搬到苏韦拉，是因为他们认为这儿相对安全。但是从战争的第一天开始，这里就被大规模地轰炸。他们后来才得知，离这里五公里有一个秘密直升机基地，而往南十五公里，是一个火箭发射基地，仍被用于发射导弹。更糟的是，苏韦拉和巴格达之间竟然还有一个重要的核反应堆。我们一家人简直是自投罗网地走进了战争中心。

开车进入城市时，可以看到大片的棕榈树和果园。我注意到在树下，道路的两边，好像停车场一样排列着直升机。联军已经炸毁了包括燃料库在内的原有的直升机基地。于是伊拉克政府把剩下的直升机藏在了树下面。还有更为明显的战争迹象，从远处看，足球场很正常——我们可以看到空荡荡的座位和阶梯平台，但是球场上却停满了坦克，只是上面盖了伪装的网布。一支共和党卫队驻守在那里，阻击任何可能向首都发起的进攻。这里很可能成为下一个被联军攻打的目标，但是让人奇怪的是，它并没有受到袭击。

我的家人说这座城市每天都被轰炸，几乎所有的办公建筑都已夷为平地。如果想一想居住在如此众多的军事基地附近，真没有什么好惊讶的。我决定和家人一起留在苏韦拉，但是工程师仍然要去巴格达。当晚，我的两个叔叔正好要回首都取些东西，所以那个工程师就跟着他们走了。从此我再也没见过他，而且直到今日，我甚至无法回忆起他的名字。

正常状态下，苏韦拉是一个昏昏欲睡的边陲小城，只有四万五千人口。底格里斯河从中穿过，为这个地区大片的农田提供了水源。大多数居民十分贫穷，少数富裕的家庭住在河边。我们租住的房子宽敞舒适，位于靠近商业中心的一个居民区。苏韦拉是一座精致的城市，但是地理位置并不能把它从战争中屏蔽。那天晚上睡觉时，我们不停地被头顶上轰鸣的飞机，以及远方的爆炸声吵醒。我们可以看见炸弹在不远处爆炸，弹片四处乱飞，但是我们不能确定被攻击的目标是什么。

第二天早上，我们听到敲门声。访客是我们认识的人，他是母亲的堂姐夫，但是不同以往的是他穿着直升机驾驶员的制服。他以前可从来没有穿着制服来拜访过我们，所以，这立即让我们紧张起来。他解释说他在附近驻扎，从别的亲戚那里听说我们来了这里。

“你们来这儿凑什么热闹？”他一进门就说，“这可不是个应该停留的地方。”

母亲让他坐下来，并且招待他吃些东西。他边吃边快速地解释，因为直升机基地就在附近，所以这里很可能会被轰炸。他只待了很短的时间，反复警告我们之后，就回去工作了。苏韦拉的生活没有因为轰炸而中止，民宅并不是空袭的目标。家人告诉我，在战争开始的最初几天，空袭警报还经常响起。但是由于空袭过于密集，警报变得毫无意义，人们也就不再躲避，因为大家很快就发现炸弹并不投向住宅区。

我时常爬到屋顶，去看美国飞机俯冲并击中它们的轰炸目标，尤其是导弹装置。他们显然在尽量避免非军事建筑物。幸运的是，几天之后，我们的房子可能被轰炸的主要危险因素消除了。那些坦克从家旁边上的球场驶离，这个军事调度让整个小城陷入了混乱之中，但是看到坦克从我们身边消失，真是让人松了一口气。

对我而言，最庆幸的是小城的图书馆仍然开放。这代表着我每天可以去那儿继续学习。图书馆是卡西姆执政时留下的。任职的四年里他为这座城市做了许多事。除了图书馆，他还兴建了那个大型的足球运动场。战争的破坏给小城人们带来的好处是，冰淇淋和牛奶的免费派送。我记得有一次去城中心的集市，看见一辆大型的冷冻卡车从城边上的乳制品厂开过来，停在店铺边上。之后卡车冷冻仓门打开，成箱的冰淇淋被免费赠送给路人。那是一幅有趣的场景，人们纷纷停下来领取免费冰淇淋，而上空的联军飞机正轰鸣而过。据说因为美军轰炸，切断了整个地区的工业供电，所以工厂没有任何办法储存这些冰淇淋，于是经营者决定把产品运到城里，分送给百姓。同样原因，工厂也免费发放牛奶，但是你需要很努力才有机会领到。牛奶每天早上从农场运到厂里，然后送到集市。所以你必须早上七点三十分左右带着装牛奶的器皿赶到市场，这样才有可能在饥渴的人群中分得一杯羹。

集市里到处都是伊朗商品，诸如罐装食品、巧克力、饼干之类。我们发现战争一开始，边防检查就呈瘫痪状态了。伊朗边境离这里只有一百公里，所以投机商们在他们可以找到的任何市场里，倾销倒卖商品。

因为无法工作，我们有大把闲暇时间。我的那个雕刻家叔叔，决定鼓捣点儿什么，一方面让自己有点儿事情做，另一方面给小城提供个消遣的场所。他去郊区找到了一棵枯死的桉树，他认为这棵树有着独特的造型。我帮他把树从地里挖出来，砍掉了些树枝，剩下的部分大约五米长，我用车把它拖在后面。叔叔打算把树制作成一个雕像，我们把它运到一个住宅区，放在街角。一个银行经理正好住在那儿，他一看见，就冲出来又喊又叫，因为他认为美国人会误以为这是一个火箭！可是接下来，当他看到叔叔——他在伊拉克碰巧十分有名——马上改变了主意。于是我们挖了个坑，浇上水泥地基。在街的另一边，有一棵小一点儿的死树，大约一米五高，于是，叔叔裁定它也是制作雕塑坯子的原料。叔叔把两棵树涂上了很艺术的色彩，我们花了三四天的工夫，最后它们看起来棒极了。

一周之后，我们在一份国家级报纸的头版上看到关于这个雕塑的报道。报道指出这是伊拉克人民蔑视美国的象征。当然，坦白地说，这可真是小题大做。我们主要是想给自己找点儿事干，当时真没有太多的法子打发时间。不过，没承想倒成了一条不错的头条新闻。

而另一件事，让我们仅仅出于幸运才免于再次成为头条。在敏感的军事地带，想要惹点儿麻烦可不是件难事。我们有一次被抓，并且被怀疑是美国的空降伞兵。我的堂兄伊斯梅尔，堂妹阿瓦·贾丝明以及爱沙在苏韦拉和我们住在一起，他们都是十分出色的音乐爱好者。有一天，我们决定在狂乱的战争生活中寻找一些宁静，便去偏远的田野里弹吉他。我的表兄，因为有一半德国血统，肤色非常浅，而那两个年轻的姑娘，当天不知道因为什么，竟然穿了件卡其布制的衣服。我们拿着吉他在小树林里穿行，突然被一股全副武装的巡逻士兵拦截。原来我们在完全不知情的状况下，进入了高度戒备地带。士兵们见我们看起来不像平常的伊拉克人，就认定我们是美国特种兵，把枪藏在了乐器盒里。

作为土生土长的伊拉克人，我们一开始没弄明白他们是否当真了。但是很快我们意识到，他们不仅极其认真，甚至可以说是足以让我们送命的认真。他们不同意放我们走，尽管我们不止一次地解释了我们在做什么。最后我们不得不抬出我的雕塑家叔叔才幸免于难，他是驻军中一名高级将领的好友。事后我们才发现，紧急悬浮桥就藏在我们那天可疑行迹的附近。

战争的后期我都留在了苏韦拉，只简短地造访了巴格达一两次。

2 月的一天，我回去查看了一下家里的房子。沿途看见被严重炸毁的各种战略性设施。核反应堆以及冶炼厂都被破坏。让我惊讶的是迪亚拉河大桥没有被袭击。同样，古波斯帝国的首都——奈哈文德地区也是毫发无损。

我在巴格达停留了一晚，并去市中心查看了城市的受损程度。夜晚的巴格达看起来仿佛正在上演一场大型的烟火晚会。高射机枪杂乱无章地向空中扫射，用以编织防止美国飞机穿透的防御网。桥梁两边的河岸上燃烧着轮胎，制造了大量的浓烟。这样做的目的是遮住桥梁，避免其被轰炸，可以说，这的确起到了一定程度的作用。

巴格达共有十四座桥。美国人成功地炸毁了其中的一座。这可真让人伤心，因为它是座历史久远的美丽建筑。阿·加马黑拉桥也被炸了，斯尼克桥虽然被炸，车辆仍然可以通行。尽管城市四周都被严重破坏，但其他桥梁并没有受损。依据美国当时所拥有的高科技军事装备水平，这些体形巨大的桥梁得以存活下来实在让人费解。你会想，美国人应该有本事找到所有的目标，而不仅仅是其中几个而已。

那次首都之行成为让人心痛的经历。我看到我的城市、我的家园被人亵渎，觉得悲哀、恐惧、毫无安全感。我们完全不知道自己的命运将会如何。而同时，我感到十分愤怒——这一切为什么会发生？这一切又有什么意义？我的愤怒和怨恨并不仅仅针对美国，而更多的是针对萨达姆。当时，愤怒的情绪还缘于另一个更主要的原因，我的堂兄沙黑尔在战争中下落不明，生死未卜。

沙黑尔是那个有着德国妻子，和我们一起住在苏韦拉的叔叔的大儿子。他比我大十岁，当时在共和国卫队服役。中坚分子组成的共和国卫队留守在巴格达外围，责任是保卫首都和萨达姆本人。他驻守在阿·塔吉，那里是一个伊拉克空军基地、坦克维修中心、化学武器制造厂以及共和国卫队在巴格达北方的主要营地。这样一个大型基地很自然地成了美军的主要袭击目标，遭到了长时间大规模的轰炸。

大约晚上七点，沙黑尔留在基地的防空洞里，一颗炸弹落在了那里，他被埋在了废墟中。直到第二天凌晨两点，他才被挖出来。而这之间的七个小时里，沙黑尔被冰冷的钢筋水泥吞没，很难想象他经历了怎样的生死挣扎。那段时间对我们一家来说十分难熬，不知道沙黑尔在哪儿，也不清楚他的生死。一天夜里，我正巧在巴格达的家中，听到一声敲门声，开门后见到的竟然是沙黑尔。他一脸病容，还穿着那件已经变成破布条的军装，身上都是排泄臭味儿。他的听力在爆炸中受损。但是比他的身体状态更糟的是他的精神状况。他后来患上了严重的创伤后遗症。从废墟中把他救出来后，共和国卫队训练有素地把沙黑尔扔到我们家门前的台阶上。

另外一个堂兄阿马尔，任职电力工程师，曾参与完成了萨达姆一些最秘密复杂的导弹项目，当时正巧在我家里。我们赶紧把沙黑尔抬进屋。当时是冬天，他已经冻僵了。我们脱了他的衣服，给他泡了个热水澡。因为已经没有管道热水，我们只好不停地用炉子烧水。这让沙黑尔的身体恢复了过来，但他很长时间跟谁都不作交谈。他说的唯一一句话是："我被活埋了！"

我们离开巴格达时，把沙黑尔一起带去了苏韦拉。大家见到他还活着，都松了一口气。但是他不再拥有健全的心智，不能重新适应大家庭的生活，行为变得十分古怪，我们只好让他独处。每次房间的门被大声关上，或者一颗炸弹在远处爆炸，他都会歇斯底里地发作，而我们必须安慰他，让他平静下来。过了好几个月，沙黑尔的情况才有所好转。他再也没回军队。一个在苏韦拉做医生的亲戚给他开了张证明，说明他不再适合胜任军职。这也确属事实，直到现在，这么多年过去了，他仍然饱受着战争带来的心理创伤。

在苏韦拉时，我们家族遭受的另一个打击来自阿莫亚防空洞的空袭灾难。事件发生于 1991 年 2 月 13 日凌晨，防空洞距离巴格达市中心八公里，当时美国声称轰炸它是因为它是主要的电信中心，并且有消息称萨达姆当时有可能正藏匿于此。如果美国真的收到这样的情报，那么应该有谍报人员为其不专业的行为负责。当然也许这只是个托词罢了。但不管出于何种原因，这都是一个彻底的失误。

阿莫亚实际上仅仅是个民用防空洞，设计上据说坚固得足以抵御原子弹袭击。它看起来和我原来学校的防空洞有些像，用加厚的钢筋水泥建成，并且有巨大厚重的金属门，在空袭时会自动关闭。

那天晚上空袭警报拉响时，防空洞里挤满了在空调环境里甜美入睡的平民。美军的飞机来了，第一枚激光定向导弹击中了防空洞的通气系统，第二枚穿过通气系统，在防空洞内爆炸。

我们的姑妈阿韩姆是母亲兄弟莱斯的妻子，她当时已有八个月的身孕，怀着她的第五个孩子。他们当时来到苏韦拉和我们一起住，以躲避巴格达的空袭。阿韩姆以及莱斯平常和阿韩姆的姐姐阿韩兰一家共同生活，大家庭总共有十口人，住的地方离阿莫亚防空避难所很近。我们听到防空洞被炸的消息时立刻惊呆了。因为阿韩兰和她的孩子们每天都会躲进防空避难所，以求安全。

阿韩姆没有听到这条新闻，而我们小心翼翼地避免让她发现真相。我们把屋子里的收音机、用电池供电的电视机都挪开，这样暂时起到掩耳盗铃的效果。当时伊拉克的电视传播已经时断时续，但是仍然可以勉强收到伊朗电视台的信号。

我和叔叔开车去巴格达查看实际情况，见到的是极其凄惨的景象。阿莫亚防空洞附近的街道静得出奇。街上几乎没有人，我们很快发现原因：附近几乎所有的居民都在防空洞受到轰炸时遇难。让人更加毛骨悚然的是，空气中弥漫着人肉被烧焦的气味。阿韩姆的亲人中只有两个人幸免于难。她的丈夫，也就是我母亲的兄弟莱斯，姐姐阿韩兰以及家里的六个孩子都被活活烧死了。同时被烧死的还有另外四百多个平民。当第一枚美军炸弹穿透防空设施的通风系统时，那扇又厚又重的金属门自动关闭，困住了当时在里面的所有人。在完全封闭的环境里，每一个生灵都是在饱受折磨后，才走向必然的死亡。后来浮现出来的景象，勾画出一幅人间炼狱的惨状。“万幸”没有被当场烧死的可怜人，却被避难所里爆裂的供水箱活活烫死。

阿韩兰家两个幸免的人，一个是最小的儿子，当时在家中睡觉，另一个儿子瑞阿迪，已经三十来岁了，留下来照看家里的房子。我和叔叔第二天一早又去了一趟防空洞，但是当局不让我们进去。他们还在往外搬尸体，那些尸体都已经烧焦，不成人形。无法辨认受害者，但是我们知道他们都是住在附近的平民。我们和那些在救援工作一开始就赶过来寻找家人的居民交谈，得知防空洞的门烫得要先用水浇，花了几个小时才冷却到可以触摸的温度。工作人员切割开铁门，发现里面的景象用“恐怖”二字已不足以形容。即使过了几个小时，在他们开始进行搬运尸体的这项残酷工作之前，仍然得要用水管冲洗防空洞，因为里面的温度实在太高了。

我从来没有见到过这么残酷的景象，也希望今生再也不要看见此景。我们在街上碰巧遇到了瑞阿迪。可以想象，他失魂落魄，哭个不停，仍然处于极度的惊恐之中。他在这次灾难中，几乎失去了全部的亲人。这也是我最后一次见到他。我的姑妈之后回了趟巴格达去看望她幸存的两个侄子，之后依然回到苏韦拉。她顺利生下了一个女儿，用她去世姐姐的名字命名——阿韩兰。

战争结束几个月后，我们回到了阿莫亚防空避难所。那时，萨达姆已经重新控制了局面，并把那个防空洞改造成了博物馆，安装了照明设施。即便过了那么长时间，仍然可以依稀闻到尸体烧焦的气味。你可以看到内部的变化，所有的一切都被烧化了。墙上布满被困的人们挣扎求生时留下的沾满血迹的手印。但是，那一天，不管怎样的挣扎都不可能带来生存的希望，其中超过三分之一的受害者是儿童。

在这之后，阿莫亚事件的恶劣影响让美军意识到问题的严重性，联军严格限制了对防空避难所的轰炸。

我们一家人在苏韦拉一直待到战争结束。萨达姆在 1991 年 2 月 26 日命令从科威特撤军。这发生在联军发动对伊拉克以及科威特地面进攻的两天之后，在 3 月 3 日，萨达姆接受了停火协议。

在萨达姆宣布撤军之后，苏韦拉下起了暴雨。滂沱大雨持续了两天之久，这是我见过的最让人匪夷所思的雨。雨水是黑色的。是的，如果你摊开手，接到一滴雨，手掌上停留的是一滴黑色的液体，雨滴中似乎可以隐约看到煤灰。我们的一辆车本来是白色的，下雨时，变成了灰色。我不是很清楚，黑色的雨滴是来自科威特那些燃烧着的油田，还是缘于发生在附近美军的轰炸。但是，那真是一种近乎幻觉的奇异经历。

雨后，苏韦拉四周沙尘满布的地带变成一片沼泽——成了战败伊拉克军队的另一个噩梦，当时丢盔弃甲的士兵狼狈不堪地撤回巴格达。伊拉克军队撤离主要是通过80号公路，这条公路连接巴士拉和科威特，大约长一百公里，之后部队沿着8号公路向东。这两条公路可以被统称为通往死亡的高速通道。

因为早已取得了绝对的制空权，美国空军发动了一系列袭击，投掷了反坦克地雷，阻断了伊拉克军队撤退的道路。这是个很有效的办法，在撤军通道造成了巨大的瓶颈效应，坦克、军用车辆、士兵们堵在长长的公路线上，成了待宰的羔羊。美国空军要做的，只是挑拣那些最没有反击能力的目标。

小部分伊拉克坦克成功驶过了8号和80号公路。但是逃跑计划也并没有持续太长的时间，就被美军的火炮以及军用直升机粉碎在绵延八十公里的公路以及沙漠中。

这简直是一场屠杀。伊拉克军队留下的残骸，在路上随处乱堆着，成了第一次海湾战争的一个标志性画面。在死亡和毁灭之间，有一部分伊拉克士兵觉悟到他们为萨达姆的冒险主义付出了高昂的代价。他们被布什总统的几次电台演讲所鼓动。布什甚至在伊拉克撤军之前，就向世界公告："让流血停止的另一种方式，是让伊拉克人民和军队，自己推翻萨达姆的统治，让这个独裁者下台，和联合国合作，重新回到热爱和平的国际大家庭中来。"

这个信息在伊拉克军队从科威特撤军后进一步得到强调。

“我认为，”布什总统说，“伊拉克人民应该把萨达姆赶下台，这会促使现存的所有问题得以解决。”

在伊拉克撤军之初，国内的不安定因素就已日见端倪。在南部，导火索在 3 月 1 日点燃，一辆伊拉克军方坦克碾碎了在巴士拉萨德广场悬挂着的大幅萨达姆画像。这个行动被另外一些军官们支持，进而集结人马袭击了附近的军用设施。很快，其他士兵和许多当地民众参加了起义，一天之内，他们就占据了警察局、监狱、社会民主党以及巴士拉秘密警察总部。起义军对社会民主党成员下手毫不留情。如同燎原之火，最先倒戈的人来自那些贫穷的社区——比如法尔迈尔、卡哈撒、阿艾哈亚那和阿艾贾玛西利亚，随后是中产阶层地区，最后是阿加哲和阿琼尼那些富人区。

我的堂兄穆罕默德住在阿琼尼那里。社区被一条大路分成两边，东边被起义军占据，而西边还在伊拉克军队控制之下。子弹在马路两边像冰雹一样互射。穆罕默德的房子位于主街街角。他和妻子桑都，他们八岁的儿子德瑞，以及两个女儿：三岁的多哈和六个月大的海娜，搬去了相对安全些的亲戚那儿住。因为临时住处停水，所以穆罕默德一家打算回家洗个澡。他们到家时，看到门口有一辆坦克。穆罕默德抱着多哈，而他妻子抱着海娜。他们走进屋时，一个起义士兵发射的火箭助推榴弹从路的另一边穿过，在大门上方爆炸了。穆罕默德一家都被爆炸的冲击波掀翻在地。烟尘落定，他们终于爬了起来。桑都看到海娜被弹片击中，只剩了半颗头颅，而她的另一半头颅落在了自己的怀里，可怜的孩子当场死亡。显而易见，所有参加战斗的士兵都应该看得出来他们仅仅是返家的平民。那个发射榴弹的士兵残忍而丧尽天良的行为导致了一个无辜的幼小生命当场死亡。海娜的死沉重地打击了穆罕默德一家，几个月之后，当我们再见到他们时，桑都完全变成了另外一个人。她从前积极阳光、快乐多话，后来变得异常安静，不再喜欢与人接触。

在伊拉克南方大规模的无组织叛乱发生的同时，北方有两个主要库尔德政党看到机会，积极发展了反政府组织，并获得了广泛的支持。其中一个反抗组织超过五万人，占据了北方大部分地区。反抗组织逐渐统一了行动，伊拉克十八个省中有十四个省受到叛军控制。萨达姆感到他的统治地位岌岌可危，所以他提出与什叶教以及库尔德领导人分享权力。

这个提议被拒绝了。当时，反政府武装领导人已经看到可能取得全面控制权的曙光，打算向巴格达进军。但是起义军的进攻最终受到抑制，希望中的巴格达什叶教本该作出的回应并没有发生，而想象中的美方支持也并不存在。关键时刻，萨达姆仍然拥有对中坚分子组成的共和国卫队的控制，而且许多坦克都被预留下来保卫首都。虽然停火协议禁止固定翼飞机进入联军划定的禁飞区，但那些直升机仍然可以自由地在空中轰鸣。

战争的天平逐渐开始向萨达姆倾斜。因为他在火力上存在绝对优势，可以采用坦克、直升机完克起义军的机关枪以及其他轻型武器。萨达姆对反叛者的惩罚迅速而残酷，大规模的屠杀在几个主要的反政府武装根据地展开。

在巴士拉，虽然之后的联合国调查没能证实，仍有报道指出政府曾经使用了化学武器，用以针对反萨达姆组织以及平民百姓。在其他城市，紧跟在坦克和直升机袭击之后的，是不分青红皂白的酷刑和死刑判决。即使北方库尔德的抵抗力量在强大的攻势下最终溃散了，但全国范围内的反抗仍然维持了数月之久。在萨达姆重新收回对国家绝对统治权的过程中，在伊拉克有成千上万的生命灰飞烟灭。

在苏韦拉，我们看到战败的伊拉克士兵撤离科威特。数千士兵完全依靠步行完成从巴士拉返回巴格达的五百多公里的路程。他们的情形十分糟糕，一部分士兵把军装扔了只穿着短裤，以为这样美军就无法分辨他们的军籍。还有士兵会用枪支换取三明治，这完全是军人的耻辱。与撤军军队同时进入苏韦拉的是反政府武装。他们攻占办公楼，取走文件。

这也是我们一家返回巴格达的时候了。我们共有七辆车，足以载上每个人以及行李驶向首都。出于安全考虑，我们雇用了护送队伍。一路上，我们驶过成队成队的衣衫褴褛的士兵，许多人讨要食物或试图爬上车。经过塔莫斯核反应堆，我们到了巴格达东南的迪亚拉韦尔河。在河岸边上有成堆的被丢弃的武器。政府指示士兵们把武器留在城外，以防止任何隐藏在队伍里支持巴士拉叛军的不轨行为。一排几乎是全新的老式坦克保卫着首都，保卫着萨达姆政权，和垂头沮丧、士气全失的撤军形成了鲜明的对比。

回到巴格达后，我们听到萨达城区传来枪声，并且注意到河流上的桥梁也没有人通行，这代表着军队戒严了这一地区。即使在和平年代，萨达城也经常出乱子，人们以前称它为萨达姆城。虽然它离我住的阿·姆斯坦思日阿区只有五公里，但我至今只去过那儿两次：一次，不管你相不相信，是为了去买一只羊；而另一次，是因为我的车被偷了，我去找车。萨达城是去寻找被偷汽车的首选地区，但那次，我没有找到车，不是很走运。

巴格达的生活在战后发生了巨大变化，舒适的生活方式不复存在。另外，父亲的健康状况在苏韦拉居住时急剧恶化，已经需要依靠轮椅代步。我们回到巴格达时，在第一次海湾战争后的一片混乱之中，一家人的命运从未如此地充满着不确定因素。

5. 一个医学学位

A degree of medicine

在巴格达，生活开始变得艰难，大多数基础设施已经不能正常运转。供电系统瘫痪，这意味着商业、中小学甚至大学都被迫关闭。汽车没有燃油，饮用水供给虽然勉强得以保证，但是浇灌花园的水力供应中断。为了应付供电不足，家家户户都买了发电机自行供电。但是小型发电机提供的电力不足以使空调正常工作。当时正是冬天，所以我们只能依靠煤油和煤气取暖器供暖，烧饭主要使用煤气。

为了解决汽油短缺，巴格达居民想出了一些很有创意的替代品。举例而言，他们发明了家用液化煤气替代汽油的办法。要知道当时每一家都使用燃气罐，在燃气罐的底部，一般会有一些沉积下来的液体，平时没有什么用处。当地人想办法在罐底装上一个阀门，将这种液体导出并收集，然后放进汽车油箱里使用。我会去邻居家，花钱收集他们的煤气罐，然后一滴也不敢浪费地取出底层液体，用之代替汽油以便能继续开车。这个办法在短期内看似不错，但时间一长，原本性能可靠的丰田车的马达严重受损。正是那辆车把我从巴士拉带了回来，并且陪伴我度过了在苏韦拉的日子。另外还有几起不幸的意外发生在安装燃气罐阀门的时候，有几个改良工程师在操作过程中被大面积烧伤。万幸事故并没有发生在我身上。

一直到两三个月后，加油站才重新开始营业，汽油供应恢复正常。但在这几个月中，路上已经随处可见废弃的车辆。有了足够的汽油之后，我开车在巴格达转了转，观察城市受损状况，并且去找了我的朋友们，以确定他们安好。大家谈起战时的经历，每个人都有不少故事分享。在城市中有许多检查站，但是据我所知，并没有多少抢劫案件发生，市内军队的例行巡逻似乎也并没有什么必要。军队在几周内就恢复了对城市的控制，但是一直到几个月后巴格达的生活才基本恢复正常。日常生活重新有了规律，商铺也重新开业。

但我们很快发现，自从前一年 8 月联合国开始对伊拉克实施制裁后，国家经济已经严重受挫。对石油出口的禁令给伊拉克商业和家庭带来的损害和苦难简直难以估量。在那个阶段国家百分之六十的经济来源来自石油出口，经济制裁的目的起初是要把伊拉克经济推向崩溃，迫使其同意对入侵科威特作出赔偿。后来，联合国改变其制裁重点，策略中强调要防止伊拉克持有“大规模杀伤性武器”。一段时间过后，甚至对萨达姆批评最严厉的人也看到了经济制裁对伊拉克平民的冲击，石油换取食品协议达成，允许伊拉克出售部分石油，购买粮食以救援普罗大众。

不管怎样，经济制裁导致了伊拉克境内的人道危机的进一步激化。很长一段时间内，食品实行供给制。成千上万的人们，其中有相当一部分的儿童，死于营养不良。全国不再有干净的水源，这是因为用于净水的氯也可以用于制造化学武器，所以被禁止进口。

我们回到巴格达三个月后，可靠电力系统才得以恢复。之后，政府宣布大学复课。加油站开始营业后，我和堂兄巴桑一起花了几天时间维修我的车。巴桑曾在军队科技部门工作，是第一批被派往科威特的军官之一。因为使用了替代燃料作为权宜之计，马达被损坏了，我们不得不更换了油箱和活塞。完工之后，我就从东侧的高速公路开车回巴士拉上大学。

回到巴士拉后，我发现所有的萨达姆画像以及雕塑都被破坏了，城市设施也严重受损。电线杆子被拔出地面，电缆线被切断。目击者告诉我城市在反政府武装统治时期陷入了极度混乱状态。一个堂兄向我描述了落在叛军手上的邻居一家的悲惨命运。那个邻居眼睁睁地看着叛军开枪打死了他的儿子，先是强奸了他的妻子和女儿，之后仍然杀死了她们。最后叛军在他身上浇上汽油，活活烧死了他。

另外，我还间接地听到传闻，叛军占据公众档案中心，烧毁了可以找到的所有文件，并且掠夺了食品储存中心。城市里任何可以挪动的都被拆卸并运往伊朗；任何不能挪动的都被摧毁。这很清楚地表明，他们对长期占领没有任何兴趣，目标只是劫掠这座城市与居民罢了。

在伊拉克陆军和空军回守巴士拉时，他们虽然遭到了一定程度上的抵御，但是政府在短期内就控制了局势。然而，政府很快就证明了他们和叛军一样地残暴和高效。伊拉克军队有着自己的消息来源，他们凭借照片和录像用以辨认参与反叛的人。一个接着一个，参与者被伊拉克军队捕获，不经审判就被处死。当时的巴士拉，在公众场合见到某个叛军成员被处死，已经成为日常生活中的一部分。

当城市缓慢地从战争的创伤中恢复过来时，政府武装开始收缴武器和各种被盗物资。他们包围街区，以贫困地区为重点，然后开着卡车进入社区。士兵们用大喇叭通知，如果任何人仍然藏有武器，以及从政府部门或者行宫偷来的物品，就必须把它们放回卡车上，政府不予追究。在此之后，就会挨家挨户搜查，查出没有按照指示上缴的家庭，立即捣毁他们的房子。用这样的方式，当局解除了当地的平民武装，再次控制了局势。

巴士拉的城市氛围变得与刚开战我逃离时完全不同。每个人似乎都深怀恐惧，同时还可以感受到整个城市到处都充满了反叛情绪。商店重新营业，当地居民开始进行修缮工作，但是让人总感觉这里已经成为一座伤心之城。你也许还可以注意到，越来越多的妇女蒙上了头巾。

萨达姆在巴士拉的宫殿被洗劫一空。在阿拉伯水系边上的希尔顿酒店被烧毁，但废弃的建筑仍然耸立于河边。另一个五星级酒店——海湾酒店，被严重毁坏，整幢楼已经坍塌。巴士拉的秘密警察办公楼也被烧毁。政府开始架起新的电线杆，但是电力系统一天只能工作三四个小时，而且时有间断。没有电话线路，这种情况一直持续到我离开巴士拉。汽油供应受到限制，我们必须凭着票据才能购买汽油。即使这样，仍然有其他限制，车牌是双数的只可以在逢双的日子里加油；而车牌是单数的，则要在逢单的日子里才可以加油。这意味着我们无法长途驾驶，而且必须节约地使用。除了肉类，大多数食品实行配给制。因为肉类比较昂贵，所以在大多数家庭的购买能力之外。

尽管周围十分混乱，我仍然专心于我第一年的大学学习，每天去阿·塔勒米医院见习。这家医院用自己的发电机提供日常用电，但是让人感到心烦的是一些我们需要的基础设施没有了。比方说解剖实验室，就被炸弹严重破坏。在医院的大厅，有一块布告牌，可以自由地书写个人对政治事件以及事态的观点。这是第一次在伊拉克，我见到允许自由抒发个人观点的平台。一个五年级的学生评论当局的暴政。针对萨达姆声称他“赢得了战争”，这个学生嘲讽道：“这到底是怎样的一种胜利？”他讨论了这场屠杀，以及战后士兵和军官们只穿着内衣赤足步行回首都的窘况。他还描述了巴士拉受到的破坏，以及战争中死伤的平民。这个学生愤怒地对萨达姆和政府进行了抨击。我猜想敢于写这些评论的人，很可能有自杀倾向，实际上我不认识也从没见过这个学生，我的朋友中也没有一个认识他。

这些评论在布告牌上停留了超过一周的时间。我们十分渴望阅读这位同学写的评论，但是同时我们又都十分害怕在读这些评论时被注意到，因为这可能导致被当局看成他的同党。因为担心后果，没有任何人发表回应。听说医院里有几个医生就是因为支持反叛被处死了。

萨达姆的复兴社会党人在布告牌问题上进退两难：一方面，他们认为言论有一定的叛国倾向；另一方面，他们不敢把布告牌摘下来，或者是起诉作者，因为这会成为他们害怕医院绝大多数人的证据。一周过后，那条评论突然消失了。尽管我们当时作过各种猜测，但没有人知道作者的结局如何。

慢慢地，巴士拉的坚韧医治了它所遭受的痛苦创伤。城市开始重新回到原有的轨道。但是和首都相比，这个过程慢了许多，当然，这是因为巴格达没有经历同等程度的掠夺和骚乱。

战前，我们经常乘飞机从巴士拉到巴格达过周末。但是战后禁飞区的划分证明这已不可能实现了。后来我只乘火车回了一次首都，尽管这样，仍然是一次充满危险的旅程。铁路线虽然被修复，但是一些参加叛军的士兵逃亡到了沼泽地带。由于火车必须减速驶过这个地带，所以这里常常受到攻击。叛军经常从藏身之地冲出来袭击火车，车厢上遍布弹痕，无须更多提醒，就可以意识到亡命之徒就在附近伺机而动。

我结束了在巴士拉第一学年的学习，尽管干扰重重，我依然取得了优异的成绩，得以转学去了一家靠近巴格达的医学院。其他从首都来的同学也大多作此选择。大学一年级结束后，我重新回到巴格达和父母一起生活。当时父亲已经卧床不起。战争已经让八十多岁高龄的他疲惫不堪。母亲虽然比父亲年轻二十多岁，但是我也注意到她的变化。她的视力严重下降，已经不能开车，所以我的家庭环境也发生了翻天覆地的变化。

在医学院的第二年，我去了安巴尔省的拉马迪市。城市位于巴格达西部大约一百三十公里处。安巴尔省是伊拉克地理面积最大的省，覆盖大部分西部地区。该地区主要为沙漠地带，而气候也充分反映出沙漠地区的特点——白天炎热，夜晚寒冷。

全省大约百分之九十五的人口属于逊尼教派，拉马迪市也毫无疑问地是一个逊尼派主导的城市。大多数居民原来是贝都因人，每到一处都可以感受到强烈的阿拉伯部落气息。拉马迪坐落在幼发拉底河岸边富饶肥沃的平原地带，但是最突出的特点还是炎热、沙尘、偏远而荒凉。

拉马迪市的居民和他们周围的环境一样，倔强而粗暴。在街上，绝大多数的人们穿着传统阿拉伯服装。当然，所有在拉马迪出生长大的妇女都遮盖全身。从一个外来者的角度看，当地人并不友善，他们看不惯从巴格达来的更加开放的人们，或者也可以认为，任何穿着西装的人都不受欢迎。

当地对巴格达以及西方文化的敌视如此明显，以至于女同学上街如果没有穿传统服装，就必须由我们陪同，不然一定会遭到各种侮辱以及当地男性的种种无理要求。即使自己并不认可妇女必须要戴头巾，一些女大学生因为害怕被当地男人骚扰，也会在头上缠上纱巾，避免受辱。

另一个让人注意的现象，就是人群中携带枪支的比例。每个人似乎都全副武装；每一辆车上似乎都有一架卡拉斯尼科夫式机关枪。步入任何一幢住宅，都会看到房间里随意放着武器。我对枪械有着固有的反感与怀疑，这种景象真是前所未闻。

老实说，我半点儿也不喜欢拉马迪，这是一座十分保守的城市，没有酒吧和夜总会这些学生生活中不可缺少的场所。人们似乎没有什么娱乐，沙漠上空荡荡的大路是给我最深刻的印象。

生活习惯对我而言几乎是完全陌生的。一次，我有幸应邀参加当地一个部落首领的宴会。我之所以被邀请仅仅是因为一个朋友告诉，他们我是先知穆罕默德以及皇室的后裔。只有男性被允许进入室内，我们都坐在地上，因为按照他们的习俗，坐在高于地面的椅子上被视为无礼。在嘹亮的吹奏声中，四个男人抬进来一个装有烤羊、鸡、米饭、杏仁和葡萄干的大金属盘子。真是一场很不错的盛宴，可是当我近乎天真地向主人索要一副刀叉时，几乎吓坏了所有来宾。据说，这可以被理解为对主人的侮辱，我对此却一无所知。最后，我只能像其他人一样，用自己的左手吃完这餐。男人们吃完之后，剩下的食物才被抬出去给另一个房间里的女人们分享，这一切让我看得胆战心惊。

我还参加过一场婚礼，那一次几乎囊括了安巴拉地区的所有令人不快的传统。基本也正是我一贯不能认同的各种传统的汇合：性别歧视、傲慢自大，以及任意开枪！

在婚礼开始时，男人和女人是被隔离开的。新婚夫妇和女人们坐在一起，不过这是唯一男女宾客混杂在一起的情况。因为和男宾客坐在一起，整个仪式我没看见任何女人。大多数人穿着传统服装，白色长袍，并把一条鲜艳的红色的长巾缠在头上。当然也有一些人穿着西式服装——西装外套、有领衬衫、系着领带。但是无论穿着如何，绝大多数男人都带着他们的枪。新娘入场的贺乐是长时间自动步枪和机关枪的对空齐射。不管你是否愿意相信，这已经成为伊拉克婚礼上不可缺少的一部分。

拉马迪部族是个很骄傲的民族，对妇女和儿童有着很强的保护欲望。他们无所畏惧，可以感觉到，他们是真正的强硬分子，如果认为受到侮辱，会毫不迟疑地战斗到流尽最后一滴血。虽然这是他们传统的基石，但是对于像我这样的局外人，却很难理解他们的想法。

拉马迪大学成立于 1987 年。我在那里学习的时候，它正逐渐成为伊拉克最危险的大学。有一段时间美军驻扎在学校校园内，因为没有了法律和秩序，凶杀、拷打、绑架、勒索、恐吓成为常事。

我住在一幢地处拉马迪市中心，基本上全新的大楼第二层。这是一间两居室公寓，小而简单，我和另一个叫哈扎尔的巴格达学生合租。哈扎尔十分善于言辞，但又十分安静。他的父亲是巴格达的大学教授。哈扎尔有一点儿富有幻想，却是个好伙伴。

我们大多数的时间在公寓里学习，外出时，也都消磨在咖啡店或城里的餐馆，在那里下象棋或是西洋双陆棋。拉马迪没有什么娱乐，所以我们经常开车回巴格达度周末。我们偶尔也会去哈巴尔亚，那里距离拉马迪大约二十公里。哈巴尔亚曾经是一个大型的英国空军基地，在 1941 年平定伊拉克政府内纳粹派的政变中，起到了决定性作用。但是吸引我们的是，那里是一个度假城市并且拥有一个很大的人工湖，我们在日复一日枯燥的大学生活之余可以去大自然里透口气。

在拉马迪时，我还遇到了一个对我人生起到重大影响的人——尼桑。他是安巴尔大学的管理人员，三十多岁。在拉马迪的这一年中，我们建立了深厚的友谊。尼桑成长在一个传统的部族家庭，他的父亲是部族首领，在当地颇有根基。尼桑一家住在一幢很大的二层小楼里，坐落在拉马迪城市边缘，院子里种着橘子树、枣椰树，爬满了葡萄藤。他们的习俗有别于我的习惯，我们去他家时，都得坐在地上。而环顾四周，就会看到卡拉斯尼科夫机关枪很随便地被放置在墙边和家具上。

在拉马迪大学里，我认识了我的第一任妻子，阿瑞格·阿·瓦哈卜。她也来自巴格达，就读医学院的一年级。她的父亲——卡德胡姆，在苏联获得了农机工程博士学位，当时已经退休。尽管他来自逊尼派圣地卡巴拉一个非常虔诚的穆斯林家庭，却曾经是个共产党员，在政治上积极且强烈地反对萨达姆统治。因为信仰，他被关了几年监狱，并在七十年代饱受酷刑折磨。阿瑞格的母亲——瑞达，是一位高中教师，令人敬畏，对待宗教信仰比她的父亲还要虔诚。阿瑞格本人信仰穆斯林，但并不算虔诚。

在伊拉克，政府通常会把不同地区划分给不同阶层的人士。举例来说，在巴格达有一个教师区和一个医生区。政府会把农田免费划分给相应阶层的市民，这样人们就可以自己出钱盖房子。阿瑞格是四个孩子中最年长的一个，家住在绿区。绿区是划分给像阿瑞格父亲那样拥有博士学位的人的。绿区位于巴格达西北区外围，在去福庐加的路上。

在拉马迪完成了大学二年级的学业后，我成功地转入巴格达大学医学院，搬回了父母家住。离开拉马迪回到巴格达的那天可以说是我一生中最美好的日子之一。我一身轻松，心情愉快，生活终于又在一定程度上回归常态，我可以开始真正的大学生活，学习并社交娱乐。

巴格达大学和其他大学有着鲜明的区别。它的医学部始建于1927年，第一任校长是亨利·辛德森爵士，他曾经是英国皇室的医生。指导我们的外科医生们则都是精英中的精英，教学代表着伊拉克最高水平。

医学院很大，光我的年级就有四百九十一个学生。在底格里斯河岸上有一个一千两百个床位的医疗中心，包括一幢十层楼的普通科医院、儿童医院、牙科医院以及各种专科分院、法医院。学院设施先进，拥有大型的语音教学厅。多少有些讽刺意味的是，这家先进的医疗机构座落在一个很大的墓地边上。

战争的后遗症对大学也产生了一定影响。因为联合国禁运，学校对服装的要求不再严格，学生不再穿蓝夹克、白衬衫和灰裤子，这个传统原本已延续了几十年。渐渐地，其他限制也放松了，但是女生仍然不允许遮住她们的脸并且不可以穿裤子。伊拉克是一个世俗化的国家，当时巴格达几乎没有妇女穿着“博卡”这种从头到脚，连眼睛都遮住的袍子。女学生之所以被要求穿裙子，是因为在当时裤子还被认为是男性化的服装。

和大多数学生一样，我们花了许多时间在大学花园和咖啡店里聊天交友。我后来自己盖房子，就在父母房子的旁边。他们在阿·姆斯坦思日阿区的住宅占地面积很大，于是我们分割了土地并造了第二幢房子，我和父母各一幢。

这时候父亲已经病得很重。他说话变得很慢。我一直十分遗憾，没能从他那里学到我想学到的所有知识。他如同一本百科全书，是我最好的老师。父亲会说七种语言，去过许多地方，他几乎给我讲他去过的每一个国家的故事。他是那个时代的先行者。举个例子，今天提倡音乐疗法，用以帮助人们减轻压力，平静心情。在此疗法被广泛讨论之前，父亲就已经在母亲怀孕期间用过以缓解她的不适。

在禁运期间我们一直住在巴格达，使得经济上多少有些窘迫。但是很幸运，我们仍然可以从商用产业上获得一份收入，所以在当时还算富有。在我们重新装修了店铺和办公楼之后，经济状况就开始好转了。用我们从新的店铺赚来的钱，我重新装修了我的房子，使房屋内部焕然一新。

我雇用了附近区域的工匠，让我大开眼界。他们是来自各个民族，除了一个人，都是大学毕业，之所以干体力活儿是因为可以挣更多的钱。

工头的名字叫卡里姆，原来的职业是教师，有教育学硕士学位。他离开原职的原因是，禁运带来的通货膨胀导致他每个月的工资甚至不足以买一餐饭。（那时，伊拉克货币已严重贬值，一美元大约相当于一千五百第纳尔。到我毕业时情况更加严重，下滑到一美元大约相当于三千两百第纳尔。而在 1980 年，两伊战争之前，一第纳尔相当于 3.39 美元）工匠们都是伊拉克人，他们总是拿卡里姆的学位开玩笑，叫他“研究生”。

我说过，实际上只有一个工人没有大学学位，但是也拥有高中学历，他叫阿莫德。阿莫德是库尔德人，住在我叔叔家隔壁，那是一个高级中产阶级地区。他是他们中最风趣的一个，他经常奚落别人并给大家起外号。大约 2000 年，叔叔带他去了卡塔尔，请他担任雕塑技工。阿莫德现在在欧洲生活。

阿代尔是什叶派。他是个典型的撒马利亚人——大鼻子、瘦长脸。阿代尔来自南部，有英语文学学位，并拥有外交翻译资格。多年以后，我在约旦的安曼遇到过他，他现在和家人在美国生活，我们至今仍然通过电子邮件保持联系。当时他是最会偷懒的那个，总是开小差，经常在别人工作时溜出去喝杯咖啡，或是被我们发现在偷看电视。

阿萨德是机械工程师。他平时是个严肃的人，但工作很努力。他和他的兄弟纳比尔一块儿来的，纳比尔是电力工程师。他们都干上体力活儿，是因为这样一天可以赚三千第纳尔。我付给工头一天五千第纳尔。所以他们一天的工钱比在政府工作一个月的工资还多!

设计工作的项目总工程师叫阿波利阿。他在以前的捷克斯洛伐克取得了城市工程硕士学位。合约一开始我就付清了他的全部工程费用。但是由于通货膨胀，工程进行到一半时，他已经用完了所有资金。他来自一个很好的家庭。他的兄弟——艾伯沙格，是伊拉克警察界著名的上校，在电视上主持一个每周档节目，取名公众安全。制作中记者会到恐怖的车祸现场去记录所有细节——在节目中分析事故发生的经过和原因，并说明如何避免。它是今天的许多电视节目的先驱，走在了时代前沿。

我亲自参与了整个装修过程，和建筑工人们一起消磨了许多时间，并与他们逐渐成了好朋友。我们经常一起出去玩儿。他们会带着干净的衣服来上班，下班时换上，晚上我们一起去看场电影或是下棋。空闲的时候，我也会与他们一起干些体力活儿。我喜欢敲倒一面墙或是钉钉子。这些专业建筑工人常常以嘲笑我取乐。他们说我身体太弱，没有和他们一样强壮的手劲，因为我每钉一个钉子，手上就会起个泡。

他们也认识了阿瑞格，因为她经常找到工地来。当她来时，工人们总是说："大老板到了！"所以你看，这类幽默在伊拉克和在澳大利亚是一样的。装修工程进行了大约八个月，完工之后我仍然和这些伙计们保持联系。

而我最亲密的朋友还是大学同学，我们在一起度过了许多时光。他们，可真的是背景混杂的一群人。

穆罕默德·福茨在叙利亚出生，到伊拉克时仍然在襁褓之中。他的父亲曾经是叙利亚复兴社会党的党魁。在政党分裂之后流亡伊拉克。他们一家受到伊拉克复兴社会党的厚待，住在底格里斯河边的一幢高层建筑中。穆罕默德是我朋友中的硬汉，身材高大，像个橄榄球运动员。他现在在沙特阿拉伯做普外科医生。

奥拉斯·阿·瑞是从安巴拉省来的逊尼派穆斯林。他的父亲是安巴拉大学的校长，母亲是我的高中阿拉伯语老师。他的叔叔曾任我高中就读的巴格达学院的校长。我在校时，这位校长因认同体罚被大家公认为严格守旧，从这一点上来看当时的学生很不幸。但同时校长的确是个相当不错的老师。只是萨达姆的儿子乌代和库赛并不这么认为，所以找借口免了他的职。在他的任期中，还被萨达姆侄子的保镖揍过。

马桑·阿·卡贝斯是另一个从安巴拉省来的逊尼派穆斯林。她的家庭是个十分富有的制造商。因为在安巴拉省的成长经历，她十分保守，是我朋友中唯一一个着装蔽住全身的人。她住的地方离阿瑞格家很近。马桑至今仍住在伊拉克。

马代尔·巴哈是库尔德人自主政府组织主席的女儿，她的父亲领导着北部伊拉克。马代尔从学校离开后回了家乡，现在是个放射科医生。

卢娜·拜登是个什叶派穆斯林。她的父亲曾经是工会组织的领袖，还是复兴社会党成员，他是1979年在电视转播复兴社会党高层集会中，被萨达姆点名进入“黑名单”的成员之一。这次党内清洗导致了多名政治领导人被处死。自从萨达姆满眼泪水地读出那份“处罚名单”后，卢娜一家就再也没有见过她的父亲。当我认识她时，事情已经过去了十年，她从来不提她的父亲以及她父亲的一切。我不知道卢娜后来怎么样了。

另一个什叶派是萨巴赫，他的住处离我家只有大约一公里。他来自一个十分富有的商人家庭，家族拥有许多店铺以及其他生意。

我亲近的朋友中也有基督徒——迪娜·阿迪波，她的母亲是法国人，父亲是个伊拉克医生。还有一个叫娜迪阿·荷卡瑞，是伊拉克第一位妇产科医生的孙女。她的父亲也是一个妇产科医生，母亲是个英国护士。娜迪阿沿袭了家族传统，成了一名妇科医生，她现在住在英国。

最后，当然必须提到，有着强大什叶派背景以及曾经是共产党员父亲的阿瑞格。我和她于大学三年级订婚。

1958 年，在推翻君主政体之前，我的母亲（左一）与她的教师同事以及高级政府官员在一起。

一周岁的我。

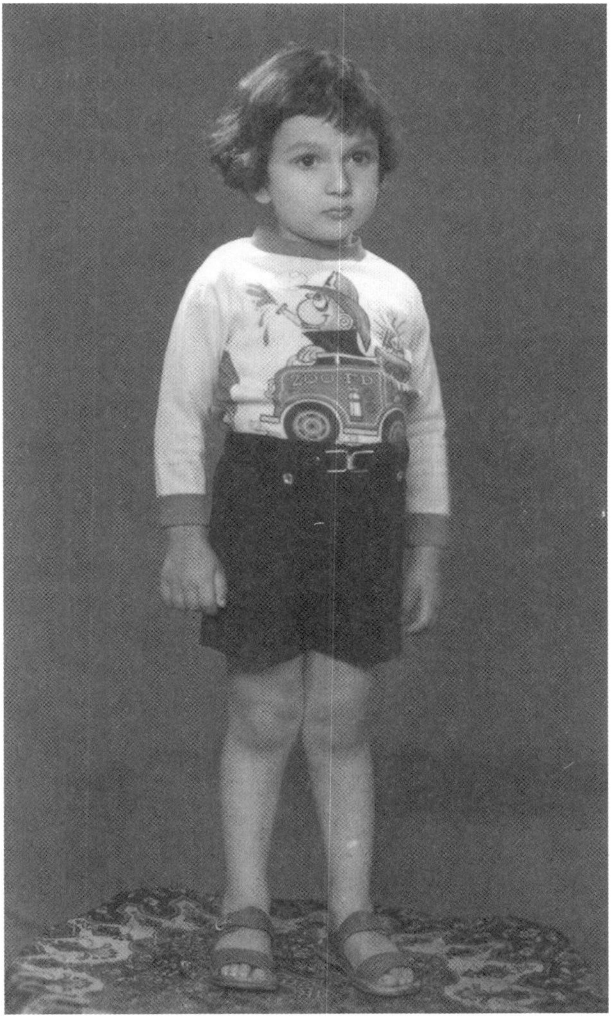

四五岁时的我。我甚至可以清晰记得，四岁时，一个挂着铃铛的手镯松松垮垮地戴在我手腕上。我用一把钳子把手镯弄下来，改造之后小心翼翼地给我的猫戴在脖子上。当它戴着铃铛铛铛作响地踱到邻居家时，邻居赶紧把它从我的“杰作”中解救出来。这应该是我渴望动手术的最早记忆。

巴格达殉道者纪念碑，由伊拉克建筑家萨曼·卡马尔(Saman Kamal)以及我的叔叔——伊拉克雕塑家、艺术家伊斯梅尔·法塔·奥特克(Ismail Fattah Al Turk)共同设计。© DeAgostini/Getty Image

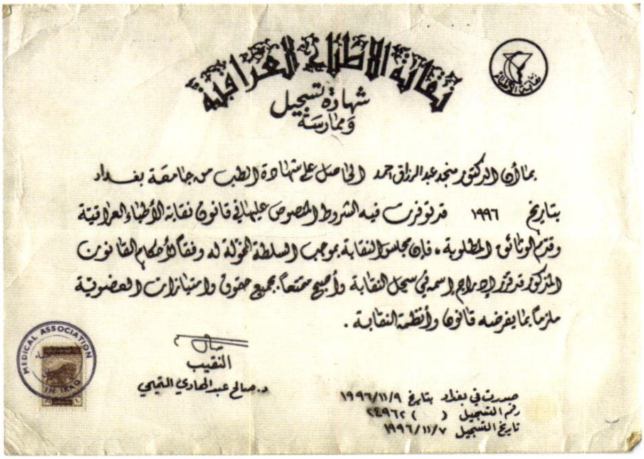

伊拉克医学协会授予我的注册医师证书，以及我的医学学位证书。

二十世纪八十年代中期，我和我的同学们在巴格达学院前留影。

从左到右：艾塞尔（Ayser）、我以及穆罕纳德慵懒地躺在巴格达学院内的一棵大树枝上。

高中时代的哈巴尼亚之旅，我扛着一个大音量收录机，带着一个滑板。现在看，真算不上是什么光辉形象！

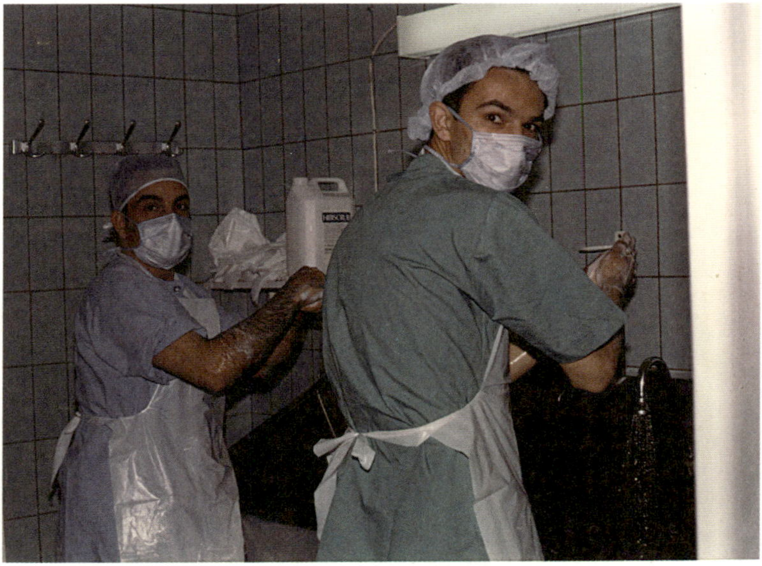

在巴格达，与我的资深主治医师一起术前洗手消毒。

6. 一场葬礼和一场婚礼

A funeral and a wedding

父亲于 1995 年 7 月 9 日去世，享年八十九岁。

他死于肺部积液。父亲去世的前一天，阿里·伊莎摩尔——他是我在学校里的老朋友艾塞尔的哥哥，一个比我高两级的实习医生——拿了静脉针给父亲输液并给他注射了氢化可的松。父亲挂上了点滴，但是不久以后，静脉就有渗出。所以我在父亲的前臂重新放置了静脉针。我当时上大学四年级，那是我第一次静脉置管。

父亲去世的前一晚，我们坐在他身边。他仍然可以说话，但是语速非常慢。阿瑞格和她的母亲来拜访，并且带来了一些糕点。我们给了父亲一块儿，他吃了，虚弱地说："谢谢，很好吃。"

那天晚上，他喉部开始呼呼作响，父亲的妹妹，也已八十岁高龄，从河另一边的住所过来看望父亲。我们都知道他快要不行了，和父亲一起待了大半个晚上之后，我回到了自己的住处。

我在早上七点左右被雕塑家叔叔敲门吵醒。我知道一定有大事发生了，因为之前他从来没有这么早来过。他告诉我父亲在夜里去世了。我赶紧跑去询问母亲当时的情形。她很平静地告诉我父亲大约凌晨三点去世，她和姑姑一直陪伴在父亲的身边。

尽管还是清晨，母亲就已经穿上了黑衣以示悲伤。根据传统，母亲用玫瑰花水清洗了父亲的脸。但是根据穆斯林风俗她不可以清洗其余部位，这必须由清真寺里专门从事此仪式的人施行。之后母亲和姑姑开始祷告并诵读《古兰经》。

我去见了父亲，亲吻了他的前额，然后用布轻轻覆盖他的身体。依照传统，父亲的身体将在家里洗净，放入棺椁。

我们把父亲送往伊玛姆·阿卜杜勒·匡迪尔·卡兰尼墓地。那里有一个家族祠堂，祖父就葬在那里，如今轮到父亲。在那儿也预留了我的一席之地。

依照传统，需要尽快埋葬死者，最好是在去世当天的日落之前。所以真是没有什么太多的时间把事情完全办理妥当。在去墓地的路上，我们需要取得一份死亡证书。我去了阿·肯迪医院并告诉医生我是医学院学生。当时在场的另外几个学生认识我，并向主治医生证实了我的身份。于是，医生出具了相关的文件。

一般情况下，葬礼下午四点开始，并在当天完成。在这之前，家属们会把家具搬到室外，而家里最年长的儿子会坐在门口迎接宾客。其余的儿子们则按长幼顺序从门口向内排坐。

作为平民，父亲被白色的寿衣包裹，在踝部、手腕、肩膀部紧扎。他依照传统的穆斯林风格安息，头部枕着一块石枕，面向麦加的方向。家人向遗身扔了第一把土，在我们离开后，墓地的工人们将把余下的土铲进墓穴。

伊拉克与其他中东国家的风俗相似。墓穴的大小以及风格代表着家族的富有程度。有些墓碑用大理石制作并点缀着金子，一些家庭在墓地周围建造了陵园、配套设施，甚至包括空调和椅子。精制的祠堂一般属于什叶派穆斯林家族。逊尼派穆斯林规则比较简单，遵守穆罕默德的教诲，先知曾经指出墓穴的高度不应过膝。

父亲的墓地十分简单——一块大理石，很矮，在基石上写着姓名以及生卒日期。

埋葬了父亲之后，我们回到了家中。亲属们陆续到了，依照传统，近亲们在葬礼的头三天会在我们这儿住。因为我们已经世俗化，所以在室外男女混处，但不包括室内，女人去了母亲的房子，而男人们则聚集在我的房子里。

在最初的三天中，每晚八点左右，我们都得宰两三只羊来款待参加葬礼的宾客。传统的做法是，失去亲人的家庭会买来年幼的公羊，有专人走进来，祈祷后在花园里用清真哈拉的方式把羊宰了。羊被挂在树上，之后去皮、煮熟。

因为几乎不可避免，总是准备太多的食物，邻居们会进来参加聚餐。之后，所有剩下的食物都会被拿到附近的清真寺，分给穷人。

我们刚刚忙完了前三天，就得开始准备第七天的仪式。第七天只有妇女们参加。我记得母亲还举办了第十四天以及周年祭奠仪式。我只参加了四次中的第一次，父亲去世，我十分伤心，父亲是我人生的导师，带领我找到了逻辑思考和刻苦学习的方向。但是，我也意识到，生活总得继续。

葬礼之后我的未婚妻开始催我结婚。与阿瑞格的父母对女儿婚姻的热忱截然不同，我的母亲表示反对，正如她反对我之前交往过的所有女孩儿一样。我们为之争吵，但不管怎样，我决定在父亲去世三个月后结婚。那时，我二十三岁，在医学院就读最后一年。

从法律上讲，阿瑞格和我在两年前就读巴格达大学时就已经结婚。但当时这场最初的婚礼更像是西方的订婚仪式。我们只是去法院非宗教性地公证结婚，结为夫妻。

公证结婚仪式中，我们开车到底格里斯河东岸，再乘船驶向西岸，到达巴格达最古老的法院。举行了很小型的仪式，只有我、阿瑞格、律师、我母亲、母亲的姐姐、阿瑞格的父母以及妹妹，整个仪式大约持续了十五分钟，结束后我们去阿瑞格家吃了午饭。

在伊拉克，这个阶段叫梅赫尔，表明我们成为法定夫妻，但是我们还没有同居，这在当地十分平常。在伊拉克，一个女人如果在正式婚礼之前怀孕，会被认为是件极丢脸的事。

1995 年秋天，我们举行了正式婚礼，婚礼仍然只是个小型的庆祝会，我们请了四五十个大学的朋友。亲属中唯一被邀请的只有阿瑞格的母亲。我们唱歌、跳舞，婚礼设在伊拉克空军接待中心，那里刚刚被纳入巴格达绿区。

婚礼并没有传统中的那些烦琐枝节。我开着婚车去了阿瑞格家，省去了亲吻新娘父母的头或手的传统。这并不是因为我没有礼貌，而仅仅是出于我对那些完全没有必要的烦琐仪式的厌倦。

当时，我已经经历了一系列的宗教传统庆典，这些都让我十分窘迫难堪，其中当然也包括父亲的葬礼，以及紧随其后的这场婚礼。

在伊拉克举行婚礼之前，有一场类似女子婚前的单身派对。我们叫汉拿，一般在下午举行。一群女性朋友以及亲属会在未来的新娘家聚会，新郎也会参加。新娘穿着一件睡衣，外加一件罩袍，化着盛妆。来宾们用散沫花染料在新娘的手上和脸上画汉拿图。新娘的脚泡在玫瑰花瓣水中，而客人们往她的头上撒米粒和珍珠——当然这要看家庭的富裕程度，之后妇女们开始跳舞。

作为新郎，在女人们完成整个仪式的过程中僵坐在新娘边上令我浑身不自在。阿瑞格的母亲坚持我们必须在婚礼上加入宗教仪式，仅仅采用公证婚礼，婚姻不被什叶派的教义认可，我对此也只能同意。汉拿仪式之后，他们请进来一个阿訇。根据什叶派传统，他和新郎坐在一起，新娘的父亲以及男性亲属坐在另一个房间里。那个房间里的人看不到新娘，她仍然穿着睡衣和罩袍。

阿訇开始主持仪式，他会连续问新娘同一个问题："你是否接受这个男人成为你的丈夫？"重复十五遍。她在阿訇问到第十五遍之前，都必须保持沉默，因为如果她回答早了，传统的说法会意味着她很低廉。但是如果她到了第十五遍仍不回答，阿訇就没法儿继续了。因为新娘不吭声，阿訇对眼前的这个女孩儿到底是谁根本没有概念。新娘真可以是街上拉来的任何女人。之后，阿訇会问新娘的父亲："你允许你的女儿嫁给这个男人吗？"新娘父亲会作出相应回答。这些程序完毕，新郎和岳父握手。新娘的兄弟们并不参加婚礼，因为出于某种习俗上的原因，兄弟如果前来是有失脸面的。

在更加传统的地区，新娘的父亲和兄弟们会剃了头，并开始蓄留长须为婚礼作准备。男性亲属在宗教仪式后会立即离开。而女人们会主导余下的节目。整个婚礼从下午一直持续到晚上。

因为我的母亲没有参加婚礼，仪式结束后所有参加婚礼的人都马上去了她的住处。根据传统习俗，婚礼后我的几个朋友开始用他们的卡拉尼科夫冲锋枪向天鸣射。我叫他们停下来，但是没人听我的。

因为经济制裁造成的紧张局势，我们没能去国外度蜜月，而是在睿施德，一家巴格达的五星级酒店里住了三晚。这家酒店后来被美军炸毁。

根据传统，婚后的第二天一早，新郎的母亲会送来早餐，一般是奶油和枣子蜜以及新鲜的面包。母亲依照传统送了早点过来，只和我们坐了一会儿就走了。

在酒店住了三天后，我们回到了住处开始一起生活。之后的几天里，人们带着礼物过来看望我们。和西方国家的传统一样，礼物通常是些家居用品。

在一个像巴格达这样的国际化都市中，新婚夫妇通常并不会有什么压力马上就生孩子。但是我们却很快有了孩子，这并不在计划中，并带来了许多麻烦。我正在就读医学院的最后一年，阿瑞格比我低一级，那是一个对于我们的学习和事业来说都十分关键的时期。

家里人给了我们许多帮助。但是任何事情都有双重性，这些帮助同时也意味着带给我们的婚姻许多来源于双方家庭的干扰。

母亲比邻而居，她经常会对我们提一些意见。另外，尽管阿瑞格的父母住得远些，但他们也经常前来干预。除此之外，我当时也十分不成熟。所以这场婚姻从一开始就注定要失败。

那个孩子——一个我们取名为阿麦德的男孩——1996 年 8 月 1 日出生于巴格达医学院附属医院的私立病房。

在阿麦德出生的那一天，我和母亲大吵了一架。争吵的中心问题是家庭财产。我母亲一直经营家里的生意，主要是出租商铺以及巴格达市中心的商用办公楼。她也一直掌握经济大权。在当时，我们算得上是十分富有的家庭。父亲去世时没有留下遗嘱，所以，根据法律我继承了父亲八分之七的产业，余下的归母亲。父亲健在时，我让他把我和他的房子都归在母亲名下。这个协议在他去世之后没有改动。

阿瑞格的父母不喜欢我母亲管理家族生意，以及从法律上拥有我们的两幢房子。他们一再坚持我应该接管。现在冷静下来看，主要问题是他们想要控制我的家庭财产。

阿瑞格母子在孩子出生后就搬去娘家住。我们的关系迅速恶化，不久之后阿瑞格就说她受够了，因为我母亲的管辖与干预，她不打算回来了。

8 月 7 日，阿麦德的脐带残端掉了。按照伊拉克的传统，那个脐带残端应该被郑重地保存在可以象征孩子未来的地方。我愤怒急了，简直控制不住自己的情绪，我建议把它扔掉，因为这个传统根本就很荒谬。就算是真的相信，也应该把它扔到学校或者是医院里。

这造成了一场一发不可收拾的争吵，紧接着，争端快速地蔓延到以前发生的许多鸡毛蒜皮的小事上。所有的旧账都被翻了出来，争吵急速升温，变得不可理喻，最终以离婚收场。客观地说，这一决定十分愚蠢，我们结婚还不到一年。

当然，婚姻破裂后，彼此的憎恶往往并没有结束。很快，不可避免的法律程序启动了，因为依照伊拉克的离婚法规，家庭财产归女方所有，这让整件事更加复杂。我们刚刚分开，阿瑞格一家就雇用了律师，并对我房中的所有物品发放了禁止令。但是因为房子在我母亲名下，他们最终并没有办法染指。这一切发生在我毕业考试之前——我除了努力学习之外，没有其他选择。当然，这也让我从混乱的纠纷中逃离出来。

我们在几个月后正式离婚，法律程序和西方国家很接近。阿瑞格和她的母亲在我们离婚后留在巴格达。经历了美军入侵以及之后血腥的战争余波。她们的房子地处巴格达频繁受袭的地区，几乎成了什叶派和逊尼派战争的前沿阵地。这意味着她们经常处于战火的中心，房子也多次在战火中被轰炸。

阿瑞格的父亲在战后去世。之后，阿瑞格、她的母亲以及我的儿子阿麦德作为难民逃到了美国。我直到 2013 年 2 月才再一次见到他们，当时我造访了他们在加利福尼亚州圣地亚哥的新家。

7. 逃离伊拉克

Escaping Iraq

除非你在一个独裁、野蛮、经济近乎瘫痪的国家居住过，否则你将无法想象二十世纪九十年代末伊拉克人的生活状况。毫无疑问，在那几年里，那里的人们生活在恐怖之中。

萨达姆·侯赛因的极权一步步扩张，每一个伊拉克人都知道无法挑战政府，甚至到了麻木的地步。人们被要求必须服从萨达姆阵营。叛逆的后果是可怕的，许多人都在没有经过任何审判的情况下被处死，原因可能仅仅是提出了不同意见或者拒绝屈从。民众根本无法安全地发表个人意见。

同时，经济衰退到了令人毛骨悚然的状态。许多之前拥有良好收入体面工作的人饥寒交迫，沦为乞丐。两伊战争、海湾战争、联合国发动的贸易限制，以及伊拉克国内石油产量暴跌都是诱发这一切灾难的因素。

经济危机最严重的时期开始于1995年，并持续了三年之久。其间，自杀事件已经不足为奇，许多家庭完全看不到摆脱经济困境的任何希望。

大多数受过良好教育、努力工作的人生活艰难，社会变得民不聊生。通货膨胀已达到极点，人们食不果腹。特别是中产阶层，渐渐被生活的车轮碾碎。

从医学院毕业之后，我参加了为期一年的住院医师培训，在巴格达附近的若干个医院里工作了几个月。同时帮助我的舅舅——母亲最小的弟弟，做些人道救援工作。他为一个以沙特阿拉伯为基地的人道主义组织服务。这个名为FARO——美国第一援助组织，分发食品、衣物以及现金给那些在恶劣的经济状况下难以生存的家庭。我的舅舅——阿·杜克，是一名电机工程师，1982年在密苏里州纳维斯读完大学后，就一直在沙特工作。

通过FARO，我们帮助了巴格达许多地区的人们，其中大部分是库尔德人以及来自南部地区的移民，他们的生活窘况又因过去二十年来的战争而雪上加霜。许多被我们帮助的人，是通过介绍认识的。我会询问朋友，他们是否知道有哪些受人尊重的家庭正面临困境。舅舅会寄钱给我，由我去派发。

这是一项危险的工作，因为并不被萨达姆政权认可。虽然援助计划完全出于人道主义，并没有任何政治和宗教动机，但仍被认为是与政府作对。

我为五到十个家庭工作，防止他们陷入沿街乞讨的窘境。这些家庭主要成员的职业是公务员、教师、医疗工作者、工程师、大学讲师以及其他退休人员。我们不援助单身人士，这并不是因为他们没有需要，而是因为我们认为有家庭的人面临更加严重的危机。被援助的人大多数已经步入中年，所以他们无法像年轻人一样，靠干体力活儿维持全家的生活。

这些专业人士当时的收入大约相当于一个月一美元。显然，这点儿钱根本无法喂饱一家。作为实习医生，我的工资也是如此，我幸运地还有其他收入，得以支付生活所需。

如果想在当时的伊拉克生存下去，你要么从事第二职业，比如开出租车、干体力活儿，或者是开家商店，不然只能变卖家产。许多中产家庭被迫变卖家具、首饰以及其他财产。但这不是长久之计，钱很快被花光了，他们就不得不再变卖其他物品直到一无所有，沦落到沿街乞讨、偷窃或不得不接受贿赂。

阿瑞格的一个邻居是位大学讲师，无法找到第二职业，又拒绝不正当收入。他变卖了家里的最后一件家具，买了一只鸡，好让全家饱餐一顿。他在鸡里放了毒药，给妻子和四个孩子吃，全家一起死了。

那时的社会贿赂横行、贪污遍地，尤其是执法部门。警察可以为了收取贿赂干任何事，从免受交通违规制裁到故意丢失重要证据以帮助罪犯离开监狱。从警察界开始，波及其他领域，工程师、会计师、律师……都开始接受贿赂。

教育系统也难以幸免。学校老师如果受贿，可以让那些没有任何进取心的孩子通过考试。同样的事情也发生在大学里，不过据我所知，医学系并没有受到太大的影响。我们以前听说在俄国，学生们可以通过送教授一瓶伏特加而获得学位，类似的事情也在伊拉克盛行。

我有许多朋友来自高级知识分子家庭，但是现在他们的生活都很困难。海湾战争后，伊拉克的社会阶层发生了巨大变化。新兴的权贵阶层开始崛起，一些人迅速致富并拥有了巨大的社会影响力，但是他们总体来说没受过什么教育，并且缺乏聚集财富的合法性。新贵们大多为投机商或者倒卖分子，凭借冒险甚至犯罪的行为获得财富。

举例来说，政府向任何愿意去捡拾并回收军械，包括第一次海湾战争中遗留物品的人提供大额津贴。而伊拉克国土上的确也有大量的战争资源，如导弹、坦克、车辆以及其他被遗留在沙漠中的武器。于是有人开公司专门从事军械回收，从中赚取大笔财富。

原本在战争中生活窘迫的农民阶层，其中一部分也变得十分富裕。因为经济制裁限制进口，政府支付巨额款项用以生产和收购粮食。

食品和汽油实行配给制。我们会分配到一定数量的小麦、面粉、米、食用油、糖，偶尔还会分到一些豆子，比如说腰豆、鹰嘴豆之类。在极少的情况下，也会收到鸡或者鸡蛋，这类食品被当作萨达姆的“礼物”发放。医生和急救人员也按配给制领取物资，但他们经常会收到些罐装食品。

绝大多数人不再像往年一样有能力去酒吧或俱乐部消遣。传统上，这些场所是家庭娱乐以及受到良好教育的人士讨论问题的地方。而现在，这里聚集着一群恶棍——暴富者。以往人们常常带着全家一起在俱乐部交谈，或只是简单地下一盘象棋，享受其中的乐趣。而如今新贵们带着情人或是妓女，他们在那儿做的不外乎赌博、玩轮盘、谈交易。

伊拉克的生活规则变了，旧的社会层阶断裂，犯罪率上升。尽管如此，因为萨达姆的铁腕政权，巴格达仍然被认为是全国范围内相对安全的地区。理论上，如果小偷被抓并定罪，刑罚可以高至死罪。但是因为受贿猖獗，他们经常在被庭审之前就逃脱了。

部落法重新开始实施——萨达姆鼓励使用这类法规，他本人多次采用了这种在伊拉克社会上已经消失的旧式方法处理问题，以促进这些本来已经逐渐消亡的伊拉克旧式传统复苏。我记得一个朋友在街上开车不小心撞了人。因为当时已经没有救护车服务，他自己开车把那个行人送去了医院（当然，在医学院附属医院里还有一辆救护车，但是它被架在砖上，轮胎也不见了，那可是我离开伊拉克之前见到的最后一辆救护车）。

之后，协议在受伤行人的部落首领以及我朋友的部落首领之间达成。他们讨论伤者失了多少血，以及如何赔偿。最后协议确定为：我的朋友需要支付伤者住在私立医院期间的治疗费用，并且必须在他复原后帮他找到一份工作。假如伤者不治身亡，我的朋友则必须支付给受伤者家庭一大笔赔偿金以及礼品。

年底，我结束了住院医师培训，轮转过骨伤科、妇科、儿科、普外科、急诊科以及重症监护室。这些科室分布在大学医院的萨达姆医疗中心——阿·卡克医院以及阿·努曼医院。我成功地被外科培训计划接收，这可真是梦想成真。自从十二三岁时看了第一部电影《终结者》，我就一直梦想成为一名外科医生，特别是骨伤科医生。半人半机械的想法让我浮想联翩，想象不久的将来，外科医生或许可以用机械装置取代残肢或者截肢。我对成为一名外科医生有着无限热情。当时因为资源短缺，我们不得不把生理盐水、输液管藏在住院医生休息室的柜子里，以便留给急诊病人使用。

我们永远缺少物资，医院管理非常混乱，在一定程度上，我认为是有人蓄意造成的。我们有好几个月没有麻醉药品使用，然而，一卡车药品突然间毫无征兆地被运来，可是这些药品全都即将过期。很明显，药品就被储藏在附近某处，只是到了最后时刻才被发放。

我们必须重复使用缝合线，这些在理论上是一次性使用的耗材。我们把它们放在消毒液、纯酒精或者抗菌剂中消毒，反复使用直到那根线快要断掉。

我们还重复使用消毒手套。植入病体以帮助骨折复原的骨科用的钉板和螺丝也被重复使用，从一个病人体内取出后，消毒，然后再使用在其他病人身上。

医疗规范条例被多次改变。譬如，用来固定骨折复位的碳纤维棒断货后，一名优秀的骨外科医生就在供氧面罩的管子里注射了骨接合剂，用这种方法制造出替代品。

我们的工作主要是医治各种创伤，择期手术的比例很小，因为根本就没有人造假肢供应。当然，工作中有足够多的交通事故以及枪伤案例，这些恶性事件在那时呈上升趋势。伊拉克参加世界杯足球赛期间，外伤患者会急剧增加！当伊拉克足球队与中国队比赛获胜后，在伊拉克有超过一千人在当天被送往医院。我的一个邻居胸部中枪——值得注意的是，他当时也在开枪。大多数人的伤口是在头部，人们向天空射击来庆祝胜利。但是当一颗子弹飞上天，它或早或晚总得落下来……这就成为许多事故发生的原因。

虽然因为药品和设备的短缺，治疗中不得不采取大量的折中方案，但是据我所知，几乎没有发生任何严重的医疗事故。医生们的水平很高，当然，这也得益于在医学院时教授们卓越的专业素养。

1999 年年中，发生了一连串迫使我逃离伊拉克的事件。

伊拉克实行强制兵役制，萨达姆下达一项指令，逃兵们会被毁容以示惩罚。在其他众多的惩处之中还包括：他命令将这些人的上半只耳朵切掉。1999 年 4 月 22 日，伊拉克政府的官方报纸《阿·伊拉克》刊登了一则召集 1972 年出生的预备役军人的启事。启事中注明，所有的预备役军人都必须在 5 月 1 日报到并参加为期三十天的集训，集训结束后解散。启事中指出根据相关法律条例，不去报到的人会受到惩罚。根据 1994 年 9 月公布的法令，革命指挥委员会下令对意图逃跑以及擅离职守的士兵打上标记，明确指出惩戒方式为切掉其半只耳朵（条例 115/1994）。在 1999 年 11 月的《塔克·阿沙巴报》，一家伊拉克反对派的报纸上报道，伊拉克政府人员正在抓捕逃兵。

当时，我们并没有想到这和自己能有什么关系，以为只有在部队医院的医生会被要求执行这项“任务”。可是，我们实在太天真了……

一个秋天的清晨，外科主任医师和主治医生们如往常一样开会讨论前一天的案例。我在七点左右开始查房——查看病人们术后的恢复情况，之后回到手术室开始一天的手术。

在这个拥有两百张床位的医院里，有十间手术室，是位于底格里斯河岸巴格达中心区域的萨达姆·侯赛因医疗中心的主要组成部分。在经济制裁之前，它算得上是发展中国家里最好的医院了，拥有优秀的医疗系统。

可惜随着世态变迁，手术室虽然状况良好——拥有当时伊拉克最好的设备，但是，医院严重短缺基本的医用材料和药品，许多辅助设施损坏后也因为贸易禁止令而无法修复，CT 和核磁扫描仪都不能正常工作，这意味着手术轮候时间很长。

卫生状况也不是很好，因为大多数的医护人员似乎都已无暇关心卫生标准。经常可以看到手术室的地上积着一摊血，没人去清理。在病房里，没有床单，只有床垫。病人们永远不会孤单，因为有许多野猫在病房里及过道上嚎叫。

这一天早上八点半左右，手术开始前，医院管理部门派人来通知取消当天所有既定手术。不久，满满三辆大客车的军人被军警和军队情报部门官员押送到了医院。

我们震惊之余，想起这正是萨达姆及其追随者的惯用策略。他们总是利用突然袭击来强制自己的极端行径得以完成。很快，消息传来，这些人是逃兵。而我们被命令施行局部或全麻手术——割除他们半只耳朵，帮助政府达到惩戒他们的目的。

这一突发事件让我惊恐万分。因为我的记忆中闪电般地回放了1986年在阿尔·穆斯坦希尔亚的见闻，一天早上复兴社会党党员把隔壁邻居拖出屋外，当时他只穿着内衣。他的罪状是从军队逃跑，邻居被塞进一辆车，带去了复兴社会党党部，在那里接受审讯。一周不到，他就被执行了死刑，射击的行刑队将他乱枪打死，他的两个兄弟被强迫观看了恐怖的死刑执行过程。他的家族必须正式宣布与他脱离关系，并按条例支付处死他所用子弹的费用。

我看到精锐武装警察带着重型武器，把逃兵们带到候诊室，并且命令他们躺到术前手推车上，作好被送入手术室的准备。逃兵们衣衫褴褛，其中一些人仍身着军装，有的连鞋都没穿，另一些人穿着平民的服装，甚至还有一些人干脆穿着睡衣。我猜想许多人是从街上抓来的，余下的则是从床上被带走的。

多少有些让人奇怪的是，他们都表现得十分平静，或许已经屈从于命运，或者因为他们知道只要不反抗，就不至于被处死。按他们的想法，在这样的情形下，损失半只耳朵，也许真不能算是太糟的事。

但是我们在手术室里并不平静。紧张的气氛急速升温，外科医生、麻醉师以及其他医护人员都十分害怕。随后，我看到三个高大的军官经过走廊向手术室大步走来。他们手中的重型武器以及全套迷彩服、锃亮的军靴都充斥着威慑力，这些人是萨达姆精雕细琢出来的工具。他们命令医护人员立即开始手术。资历最高的医生拒绝执行，他告诉军官们他已经宣誓，依据庄严的医学誓言“不可伤害病患”。这是医学的基石。这位医生立即被押解到医院停车场，简短审讯之后，就在同事面前被处死。这些军事恶棍们回到手术室，口气生硬地告诉我们：“还有谁认同他的观点，站出来，不然，去干活儿。”

这是我面临人生最大的难题。摆在我面前的有三种选择：按照指令完成手术；拒绝完成手术并面对相应后果——死亡几乎成为必然；或者，躲起来。当时情况紧急，真的没有时间仔细考虑。必须立即作出决定，无法仔细估量后果。

我仅仅认真考虑了最后两种选择。我知道让自己实施这种手术的可能性为零，我将无法在今后的岁月里面对自己的愧疚。但是我也很快意识到我不愿意去挑战军方的权威。

医护人员没有任何机会讨论应对措施。我们几乎是毫无准备地被扔进危机的中心。我扫了一眼手术室里的资深同事——外科主任、麻醉师、两名资深护士，我可以看到他们脸上也充满恐惧。我也被吓得瑟瑟发抖，根本无法隐藏内心的惶恐。

一分钟也不能浪费。我只有一个选择——必须逃跑！但是，如何逃呢？

我不能从士兵们的面前跑过，而离开手术室根本没有其他通道。我很快决定偷偷溜出去，假装去厕所，再找个地方藏起来。

没有人注意我，甚至是医生们。

但是，我并没有去男厕所，而是直接去了与手术室相邻的女更衣室。我很幸运，更衣室里没有其他人，我溜了进去，没有引起任何人的注意。我赶紧跑进小隔间，反身关上门，坐在了抽水马桶上。

我吓得喘不上气来，心跳加速。就这样干坐着，完全没有下一步的计划。我或许可以逃走，或许将面临死刑……从当权者的角度来看，拒绝萨达姆的命令是毫无申辩的可能的。

我知道任何时候一个残暴的畜生都有可能出现在更衣室里，闯进小隔间并发现我。我坐在那儿，小心地听着每一个靠近的脚步声，每一个脚步声都意谓有人进入了更衣室。我在等待中，度过了分分秒秒，度过了难熬的几个小时。这期间有三四个人进入更衣室，每一次都让我心脏狂跳。幸运的是，这几个人都是女性，而且没有人注意到其中一个小隔间的门总是关着的。

等待似乎没有止境，压力让恐惧膨胀。

五个小时之后，下午两点左右，一大群妇女进来。我可以分辨出她们正在洗手并换上衣服准备下班。手术室里的狂乱气氛平静了下来。在伊拉克，手术室的医生在下午两点左右结束工作，看来医护人员仍然按时下了班。

女员工们离开之后，我在小隔间里又待了大约十五分钟，以确定外面是否已经安全。一切都静下来之后，我小心地打开门，看到更衣室里已空无一人。又悄悄地溜到大门边，心可真是悬在了嗓子眼儿。慢慢地，我推开门，看到手术室里已经没有人了。

我赶紧把手术衣换下，穿上我平时的衣服并且快速地穿过从手术室通往医院二楼的通道，尽量看起来不慌不忙。我最害怕的就是引起任何人的注意甚至怀疑，那样就有可能被人向军警或政府官员告发。

从防火楼梯下来，穿过大厅，我来到了医院的后面，这里是医院的主要接待处。许多病人以及他们的亲属围在接待台边，所以我通过时，没有引来任何注意。

从医院大门出来，我本可以直接去停车场并开车离开，但是想想还是放弃了。停车场当时几乎闲置，我不知道是否有人在我的车那里等着抓捕我。我知道如果自己想活下去，就不能冒半分险。所以，我向右转进入医院大楼间的小道，再向左转走向了高速公路，从那儿可以通往公共汽车总站。

这几百米，我走得很快，小心地埋下头，避免和任何人目光相触，心脏因恐惧而狂跳。

到达公共汽车总站之前，我拦下一辆出租车，让司机载我去上流社区哈斯亚。这个社区在河西，与我家的方向相反。阿里——我的一个好朋友，巴格达大学的老同学——住在那儿。他也是一个医生，比我高几个年级。他们一家人和我父母是世交。一方面出于对他的信任，另一方面是因为他作为同行可以理解医学界的医德哲理。所以阿里的名字当时很快出现在我脑海里，成为可以求助的人。

在那个生死攸关的早晨和离开医院后的整个下午，我计划了许多逃离的方法和路线。最后，我决定去拉马迪——曾经就读医学院二年级的安巴哈大学所在地。拉马迪看起来很理想，我熟悉这座城市，认识不少熟人，离巴格达无论是距离上还是习俗上都足够遥远。拉马迪的人们按自己的标准生活，虽然我不认同他们的传统习俗，但是他们的文化在这个危险的时刻反而对我有利。在这个地区我可以隐身一段时间，而且有把握不会被朋友出卖。

我考虑的其他选择之一是苏韦拉。我们一家在第一次海湾战争期间在那儿避过难，当然，巴士拉也在备选的行列。在苏韦拉我没有任何可以求助的人，而巴士拉远在500多公里之外，我也无法从那里逃离出境，因为相邻的科威特在近来发生的一系列国际事件之后，特别排斥伊拉克人。

拉马迪可以说是我唯一的机会。

出租车开过了巴布·阿木达姆大桥后又开了大约二十五分钟就到了阿里的家。一路上，我都在焦灼地思考怎样才能逃离巴格达，逃离伊拉克。下午三四点钟时，出租车停在阿里家门外。我付了钱就急忙走向前门。敲门后，发现阿里刚好在家，总算松了一口气。

阿里很随意地穿着宽松的便装。“快去换身衣服，我需要你帮忙。”我朝他嚷道。

他意识到发生了大事，马上换上了上衣和牛仔裤。

“给我先弄些东西吃，我会告诉你所有的情况。”我提议。

阿里开着他那辆深色奔驰，载着我去了一家叫红辣椒的外卖店，这是我们熟悉的地方。在路上，我简短地告诉他：“发生了很可怕的事，我需要离开巴格达。”

我们买了三明治，靠在车上，一边吃，一边告诉他我的计划。

“我需要立即动身去拉马迪，需要你开车送我过去。”我告诉他。

阿里毫不犹豫地答应，我们马上就出发了。旅途一开始，我就向阿里说明了当天发生在我身上的恐怖事件。他被吓到，却并未太过惊讶。阿里一家是虔诚的什叶派穆斯林。他的母亲在许多妇女穿着西式服装时，就穿博卡罩衣。这一家人一直强烈反对萨达姆。

我解释了我的逃亡计划，以及有限的具体方案。在拉马迪我所有的熟人当中，尼桑——安巴哈大学的管理人员，成了我决定信任，并且托付生死的人。

我们花了大约九十分钟开到了拉马迪。路上要经过两个主要关卡：一个在阿·卡达的调整公路入口，离医院大约二十公里；另一个在阿布·伽瑞伯，离第一个关卡大约十五公里。这些检查站都有军警和自卫队值班。他们的主要职责是检查逃兵。你通关时永远都不可能觉得安全，因为这些人大多十分粗鲁，你根本没有把握一定可以通过。

在这些检查站，我们必须出示一大堆文件。我的大学证件、我的健康以及军役情况证明……因为我正在接受医师培训，被允许免服兵役。这些军官总是因为我的文件中的某个技术问题而质问我。在我的军役文件中，我的名字印在正面，所以没什么问题。但是在我的大学文件中，校长的名字印在了正面，而我的名字印在反面，这件事我必须每次都加以解释。这一次，问题虽然相同，但是我比平时紧张、害怕许多。

当他们检查我的文件时，我们坐在车里，我想我的血压一定升高了。幸运的是，当时这些检查站还没有安装电脑，所以军官们在短时间内接到通知并且追捕我的可能性极小，但是我仍然没有把握可以逃脱。

当他们允许我们通过第一个检查口时，我们总算松了一口气，当然，同样的问题在第二个检查口再次发生。这意味着必须得再花漫长的几分钟来解释才能通过。

从那里出发，我们直接开车去拉马迪，尽可能在时速限制之内开得快些，这样我们就不会被注意到。好在我对这个地区很了解。

我们大约晚上六点天快黑时才到达，车直接开到尼桑家，我告诉他我需要留下来住几天。他没有问原因，就请我们进去了。

阿里确定我在尼桑家很安全后，就回巴格达了。他会和我母亲联系，并解释发生的一切。

依照部落传统，尼桑的家庭成员住得十分分散。我住在尼桑住所的客房里，有独立的卫生间和浴室。他只告诉家人有朋友来，但并没有说明是谁，我也不必见他家里的其他成员。这正是我想要的，我希望尽量少的人知道我在哪儿，因为担心一旦传出去就有可能被萨达姆的间谍听到。

我休息了一会儿就和他一起吃晚饭。按照伊拉克人的习惯，吃饭时不讨论严肃的话题。尼桑只是简单地作了问候，我们进行了简短的谈话。

八点左右，我们坐下来，一边喝茶一边开始“正式”聊天。现在饭吃完了，尼桑很直接地问道：“发生了什么？”

我告诉他在医院里发生的事，他支持并鼓励我：“我相信你做了正确的事。”

我对他的支持满怀感激，但是问题的关键不是我已经做了什么，而是下一步该如何做。我不知道我怎样才能走在伊拉克政权前面，但是我知道如果他们抓到我，我将面对严酷——很可能是残暴的内部审问，然后被处死。

“我现在该怎么办？”我问尼桑。

他也认为我不能回巴格达。尼桑说他第二天一早可以去见我的母亲，但最紧急的事，是开始考虑如何偷渡出境。在这个国家我已经不再安全。

我猜到这是迟早的事儿，我还有别的选择吗？留在伊拉克或合法地离境都没有可能。但在这之前，我想都没想过我将会沦落为一个逃亡者。

“别担心，你去睡一会儿。”尼桑说，“我们明天再想办法。”

理论上讲好好休息不应该是件难事儿，但我一整晚都无法入睡。

第二天一早，尼桑就动身去巴格达了。我必须留在屋里才不至于引人注意。尼桑到了巴格达后就直接去见了我的母亲。她当时被吓坏了，极度担心我的安危。

在这之前，三个政府官员——一个保安人员、一个复兴社会党成员、一个地方政府官员，已经到母亲那里向她问过话，想知道我的下落。而当时，她也是实话实说，她当天早上见过我之后，就再也不知道我的下落。

不能和母亲面谈，是件让人难受的事。那时没有手机或者网络，而给家里打电话实在是太危险了。幸运的是，我有尼桑传递消息，其他许多人也许再也不知道他们所爱的人的命运，他们的至亲骨肉，只是突然在某一天，很让人疑惑地消失在你的生命里。不管怎样，至少直到那时，母亲知道我是安全的。

当然，情况仍然十分危险。如果尼桑造访我母亲时被人发现，就很有可能被当局派人跟踪，他们就会发现我的藏身之处。

他第二天傍晚时分回到拉马迪。母亲给了尼桑大约一万两千美元的现金，用以帮助我逃离这个国家。

第二天晚上，天黑之后，我们去了附近的一家咖啡馆，和两个陌生男人碰面。他们长相十分惊人——高大健壮，留着胡子。其中一人穿着警察制服，另外一个穿便装。我后来才知道他们都是负责办理护照的高级警察，平时在巴格达工作，来这里进行非法交易。

他们的对话程序十分直接："我们需要照片和钱。"

我按他们的要求首付五千美元，并且同意收到假护照后支付另外的五千美元。

这还得多亏我的堂兄巴山，他在巴格达军情局工作，这帮了我大忙。我告诉尼桑，巴山是在巴格达最好的联系人。尼桑作为中介，接收、发布信息并且跟踪事态进展。我至今不清楚全部的详情，但我相信巴山从母亲那里取了些旧照片并交给了那两个办理假护照的警察。

在等待护照期间，我悄悄地去了两次巴格达，匆匆地见了母亲并取了一些衣服。母亲见到我自然十分高兴，并且再三告诉我她平安无事，当局并没有恐吓她。她又给了我一万美元现金，我不知道她从哪儿找来的钱，因为我们并不允许拥有美金银行存款账户。可能是有些亲戚之前偷偷藏下来的。她此生都没有再提到过她怎么弄来的这些美元。

我回到拉马迪几天后，巴山带着那两个健壮的警察到访。他们带来了护照，并且口气生硬地命令："给我们剩下的钱，你就可以拿到护照。"于是，我支付了余下的五千美元。

新的护照实际上和旧的相同。但最关键的是，他们改写了我的职业，从医生改成了工匠。医生不被允许出境，所以即使萨达姆医疗中心的事件没有发生，在正常情况下，我也无法合法地离开伊拉克。

只剩下最后两步来完成这个护照。我必须在护照上签字并按指纹。那两个官员带了印盒，所以我们很容易地当场完成了这两个步骤，他们在上面盖了公章。

但是，这只是其中较为容易的部分。

难度更大的部分是把我的名字从禁止出境的电脑名单中去除。他们不能把我的名字完全去除，但是可以把数据从一个通往约旦的海关去除几个小时。我被要求第二天一早回到巴格达，并搭乘通往约旦的长途汽车。他们告诉我必须在中午时通过特比尔，这段时间我的名字会暂时从名单中消失。没有回旋余地，没有犯错空间。

返回巴格达让人忧心忡忡。如果可能的话，我希望停留得越短越好。

尼桑开车送我回巴格达时，我十分紧张。他直接把我送到阿·阿拉为公共汽车站，我在那儿下了车。我们早上六点左右到达，在车站我见到了堂兄巴山和母亲。

等车的过程让人焦虑。武装警察在公共汽车附近巡逻，任何时候都可能要求我出示证件。如果他们核查我的身份，就会发现面前的是一名医生，并且在通缉名单上，绝不可能允许这样一个人登上开往约旦的长途汽车。我十分害怕，在这三十分钟里，母亲大多数的时间在哭泣，所以我们在公共汽车站几乎没能交谈。

我还算幸运，公共汽车站是个混乱的地方，成百上千的人们来来往往。虽然我十分害怕，但是我在人群中并不显眼。总算熬到了七点，这是出发的时间，没有被武装警察盘问，我总算松了一口气。我上了汽车。和母亲告别不是一件容易的事，因为我们不知道此生是否还能再见面。但是我们必须控制情绪，以防引起任何注意。我过了这一关，但是从现在开始只剩下我自己了。汽车舒适得令人愉快，它是崭新的并配有空调。车上的座位几乎都被坐满了，一个三十岁出头的年轻女人坐在我旁边。她穿着西式服装，没有包头巾。她带着她的两个孩子以及父亲去约旦和丈夫会合，之后一家人移民去英国。

我们聊起天来，过了一阵子，她半开玩笑地说："你是个医生，对吗？"

我差点儿吓晕了，但还算成功地保持了平静，我告诉她："不是的，我只是一个工匠，去约旦玩儿。"

她并不相信："你看起来一点儿也不像个手艺人。"

我已经竭尽心智，但是她的话让我觉得我冒认的身份和职业不足以糊弄任何人。如果真是这样，我就快要被伊拉克当局逮捕了。

我只有很短的一个窗口期。从巴格达到边境的高速公路是五条线的，交通很顺畅，如果长途汽车按时到达，我将可以在指定时间抵达边境。但是一场交通事故、一个路障甚至一次爆胎，都会把整件事情弄糟。

我在心理上正在经受一场严酷的考验。在最紧张的时候，我采用了一些学过的医学知识来保持冷静。我下拉耳垂、深呼吸、捏鼻子来刺激迷走神经，让它向心脏发送信号，减缓心跳，进而下调血压。

在到达特雷比勒出境处时，我再次采用了这些办法来保持镇静。我觉得我需要所有有利因素来帮助自己活着离开这里，不让移民官看出我的焦虑并因此产生怀疑。我并没有十足的把握能够顺利通过，但是，这是我唯一的机会，我必须面对。

临近边境时，我不停地看表——我们将准时到达。现在，我离相对安全的约旦只有很短的距离。

但是，当我走进海关时，发生了一个意外。我惊恐地发现我认识其中的一个移民官。他是六个星期前我曾经施治过的一个病人。当时他因为在酒吧打架，腕部严重受伤而到巴格达医疗中心就诊。他那天醉得很厉害，我成功地为他缝合了伤口并止了血。可以说，他的生命曾经完全掌握在我的手中，但是现在，我的命运却完全掌握在他的手中。

移民官在安全玻璃后面的柜台后坐成一排，就好像银行出纳那样，也如同在机场排队过关。我们也排了队，当到达队伍前列时，才被分配到指定的移民官那儿。

当时，我知道我的人生处于一个十字路口。我下意识地想："我该继续冒险？或者应该转身逃离？"

我很快作出决定——继续。我希望自己被命运放过，指派给其他任何一个移民官。

但是，命运总是严酷的。你瞧，我排到了，而柜台上只有一个闲着的移民官——我的前病人！

我生命中几次面临这种情况，那就是，你意识到你对即将发生的事完全无法控制。我的意识逐渐从现实脱离，走向柜台时，我仿佛身处另外一个世界。我脑子里充斥着："我要被抓了，我快要死了。"那真是一种十分奇怪的感觉，面对命运的捉弄，只能无能为力地接受。

我站在我以前的病人面前，递交了护照。他扫了我一眼，万分幸运，他的眼神里没有流露出半点儿认出我的神色。六个星期前的那晚他一定是喝得烂醉，所以对当时的治疗医师毫无印象。对他来说，我完全是个陌生人。

他看着我问："你的职业？"

"手艺工匠。"

"你去约旦干什么？"

“我们在约旦有空调供应商，我去买空调配件。”

这是我事先准备好的答案，而且反复练习过，以应对出关时可能发生的各种状况。

“你打算在约旦待多久？”

“大约一个月。”

“带了多少钱？”

“1000 美元。”

“如果只待一个月，你带了很多钱啊。”他说。

听他这么问，我松了一口气。这代表着他认可我是个工匠，只是去约旦给一台空调机买配件。

“也许我会多停留一段日子。”我答道。

“你带了些什么首饰？”

我脖子上戴着一条金项链，我指着说：“只有这个。”

他停了停，没有移动。之后美妙的时刻突然到来了，他在护照上盖了章，不带感情色彩地说了句：“旅程愉快。”

但是考验并没有完全结束，我必须通过安检以及搜身。我把现金绑在身上，希望没有人发现并且讯问我为什么带这么多钱去约旦。

我们大约花了一个小时的时间过关，公共汽车也被腾空，海关人员彻底检查了车厢以及车底。这段时间里，我必须保持安静。在海关柜台差点儿被认出之后，我发现任何人的一句“你好，医生”，都会导致我立刻被捕。

许久之后，我们才被允许回到车上。又花了三四个小时才通过伊拉克无人区，到达约旦边境。在我看来约旦工作人员有意识地设置障碍，尽可能地拖延时间。也许，只是因为我当时的焦虑状态产生的错觉。当我们正式离开伊拉克进入约旦时，我感到了从未有过的轻松。

我们通过边境后，旅程变得十分沉闷。从巴格达通往边境的是一条全新的高速公路，而进入约旦后，就变成了双向的单行车道。车辆穿越坑坑洼洼的沙漠通道，让情况更糟的是，客车与大型运油车共享道路。在伊拉克，运送原油的卡车是在平行的专用高速公路上分开行驶的。

又开了四五个小时，我们才到达了安曼。这个约旦的首府城市让人感觉阴暗、凄清。没有什么树木，房屋破败。除了卫星接收设备林立处，没有什么其他的可以证明这是一座拥有活力的城市。

我们到达时正是新的一天，太阳冉冉升起，这是一个象征，因为，太阳在我全新的生命里程中，也正在冉冉升起。

8. 在世界的哪个角落？

Where in the world?

安曼给我的第一印象是让人压抑。在长途汽车把我们扔在罗马圆形大剧场后的几个小时里，我被夹在一群拥挤的伊拉克男人中间，几百个汉子，站着说话，抽烟。他们在安曼生活，做着低收入的体力活儿，有的等待着联合国高级委员会接受他们的难民申请，有的则打算依靠人口走私贩子把他们运往欧洲，我听说在安曼有许多活跃的“蛇头”。

我的住处已经安排好了。我会住在姨妈——阿丽莎·斯库曼，我母亲的妹妹——拥有的一间公寓里。阿丽莎姨妈在家里排行第五，比我母亲小四岁。在美国密歇根州的卡拉马如大学完成了硕士学位之后，留在大学里教民族舞蹈。她在美国结婚定居，但在安曼城市的富人区买了间公寓。她的兄弟住在那儿。

我到了住处，舅舅迎接我进去。我感到无法言喻的轻松，因为终于可以活着离开伊拉克。夜幕来临后，我睡了个好觉。

但第二天一早，我意识到我对下一步该怎么办没有半点儿主意。当时，制订的计划还没有延伸到离开伊拉克之后。

舅舅告诉我，我必须去临近的沙麦山尼警察局登记，这样就可以取得三个月的临时签证。签证过期之后，或者回到伊拉克再转回约旦，或者就干脆非法逾期居留。逾期居留的风险在于一旦被发现，就会被遣送回伊拉克，每一天逾期居留还会被处以一第纳尔的罚款。

当然，我已经不可能选择重回伊拉克了，但是即使留在约旦也让我进退两难。

因为约旦与伊拉克的秘密警察组织合作十分密切，所以长期滞留的话我无法确定自己是否安全。即便不考虑安全问题，约旦经济也并不景气，没有什么工作前景。整个国家的经济看起来完全仰仗国王以及皇室从西方国家得到的援助。西方国家施行经济援助用以在混乱的中东地区维持一个相对稳定的缓冲地带。

尽管忧心忡忡，我决定还是尝试寻求进一步学习或者工作的机会。我去了大学附属医院，看看有没有可能找到一份工作。他们的方式很直接，管理人员十分肯定地告诉我："我们不雇用伊拉克人。如果你是我们短缺专业的专科医生或许还有一点儿希望，可惜你不是。"

我很快发现，这扇门已经向我紧紧关闭。

舅舅告诉我在私立医院里会雇用一些伊拉克医生，但是他们比当地医生的收入少一半以上，并且不提供任何培训。更加糟糕的是，伊拉克医生属于非法执业，因为他们在当地没法儿注册。这种工作对我而言，并没有什么吸引力。

我很快作出决定，我不能在约旦停留，特别是我对是否被伊拉克秘密警察盯上总是疑神疑鬼。所以我开始寻找其他出路，没什么太多的选择，因为几乎没有几个国家愿意接受伊拉克护照持有人入境。

我在安曼的一个朋友告诉我，在马来西亚的首都吉隆坡有可能行医。马来西亚是少数几个仍然接受伊拉克人入境的国家之一。朋友是一个有执照的工程师，几年前亚洲经济迅速崛起时在吉隆坡工作过。当亚洲经济衰退后，外来人口最先失去工作，他只好回到了约旦。

伊拉克人可以在吉隆坡机场得到一张十四天的入境签证，之后，可以申请进入当地大学学习一个短期课程，这样就可以将签证延长到三个月。以我的情况而言，我可以进入外科学申请硕士学位，这样就有机会在医院里成为无薪的实习生。毕业之后，工作机会当然不确定，而再次申请签证延期的可能性似乎也并不太高。尽管如此，去马来西亚看上去仍然比留在约旦有更多的机会，我在安曼越来越觉得不自在，并感到自己不受欢迎。

总体来说，巴勒斯坦人对伊拉克人并不友好，而那些持有约旦护照的本国人敌意更强。他们都是萨达姆的热烈支持者，对他们而言，这个人是个勇于轰炸以色列的英雄，任何离开伊拉克的国民都被看成背叛者。另外，他们认为伊拉克人以便宜的价钱提供相同的劳力，减少了自己本来就很少的工作机会，这也让他们心怀愤恨。

我在安曼待了一周之后，决定去马来西亚碰碰运气。当时，我的命运完全没了着落。我意识到我已经失业，很可能也完全失去了前途。我不知道是否还能实现成为一个外科医生的梦想，事实上，我对我的命运一无所知。

我花了四百约旦第纳尔，买了海湾航空公司去吉隆坡的机票。这仅仅是明确了下一步意向，却离解决我的问题越来越远。对我而言，从约旦出境不是一件容易的事，因为我使用的是伪造的护照。离安曼机场越来越近，即使移民官正好是我的病人这样的情况不会再次发生，我的紧张情绪仍然不断升级，因为那份假的旅行文件又要再次被仔细审查。

我又一次站在通往海关的队伍里等待着，小心地隐藏着焦虑。我排到了前列，像面临审判一样，走向移民官。他审查了护照，上下打量了我，犹豫了一会儿，就在文件上盖上了必要的公章。没有人对护照提出疑问，看来那些造假者干得可真不错。

我再一次登上了飞机，可以放松几个小时了。旅程的第一段会带我们到达阿布扎比。飞机上乘客主要以伊拉克公民为主，都是因为护照难以在别的国家入境而前去马来西亚。当时国际上对伊拉克人的态度是实施隔离政策。我们到阿布扎比后，移民官把所有伊拉克护照都收了起来。很明显，他们不希望伊拉克人溜出机场，进入他们的国家。

几乎没有什么移民官是阿拉伯联合酋长国的本地人，他们大多数都来自印属地，基本上不会说阿拉伯语。和他们交流的最佳方式是英语，这导致了下一个关键事件的发生，从而再一次影响了我的人生方向。

我们在转机候机室大约要停留三个小时。我坐在两个伊拉克男青年边上，他们看起来极其不安而且充满困惑。时间一长，他们变得更加烦躁。他们焦急地交谈着并且紧张地四下张望。虽然他们穿着还算体面的衬衫、牛仔裤和运动鞋，但我可以看出来他们的衣服是二手的。在约旦，买卖和穿着二手衣服十分普遍。这两个人穿着旧的基克牌球鞋。

其中一个三十四五岁，很瘦，眼窝凹陷，一副历尽沧桑的模样。后来我知道他的名字叫哈利，是铺地毯的。他的几根手指的上半截被削掉了——在当时的伊拉克也是很常见的事儿。他看起来是典型的伊拉克南部人：皮肤很黑，鼻如鹰嘴，留着胡子。他很安静，但是当他说起话来，带有很强的南部口音。

另外一个年轻一些，二三十岁。他的皮肤很白，蓝色的眼睛，脸上只留有短短的胡碴儿。他比哈利壮实许多，也外向许多。他是一个石灰匠，也会刷油漆。真正的名字是哈桑，但他自称侯赛因，他是逊尼派库尔德人，侯赛因是他取的什叶派的假名，也许他认为这样做以后的麻烦会少些。

我们坐在转机室里，因为离得足够近，我可以听到他们的交谈。“他们会把护照还回来吗？我们是否应该去问问移民官？”但是很快他们就意识到移民官们不说阿拉伯语，于是这两个人明显变得更加焦躁。

我向他们解释护照被收走是因为当局不想让伊拉克人入境，他们会在我们快登机时把所有文件还给我们。我再三向他们保证，并且说如果他们有什么问题，我会帮他们翻译。这似乎让他们暂时恢复了平静。

我们又聊了些别的，他们问我从哪里来，是干什么的。我实话告诉他们我是个医生，因为我觉得我已经平安地离开了伊拉克秘密警察的势力范围，我将去马来西亚继续学业。

我问他们要去哪儿。他们没有马上回答。相反，他们用有点儿奇怪的眼神互相望了一眼之后，哈利才回答说：“我们是游客。”

他们的回答没有什么说服力，所以我很自然地回应道：“你们看起来不像游客，你们到底要去哪儿？”

侯赛因抢先回答道：“是呀，我们就是游客，我们打算花一阵子到处走走。”

我很快就看出来他们是在约旦住了一阵子的难民，而且很明显，他们认识负责出境的人。他们看起来并不富裕，但他们一定为去马来西亚花了不少钱。因为已经为这次行程下了很大的赌注，他们总是提心吊胆，四处张望，疑神疑鬼。他们不会说马来语或者英语，我猜他们一定另有计划。

我挑起了话头："老实说，你们看起来像难民。"

他们笑了起来。他们也许不是最聪明的人，但是他们有足够的社会经验不让任何人套出话来。

之后我再次发问，有些含糊地说："如果往这个方向走，只有两个岛你们想去。一个大，一个小。你们要去的是哪个？"

他们又开始笑了，侯赛因说："如果你和我们待得足够久，我们会告诉你。"之后他就换了话题。

这时，一个印度籍的移民官回来把证件还给了我们。他指着登机门告诉我们可以登机了。我和哈利、侯赛因一起上了飞机，但是因为坐在不同区域，我一直到在抵达吉隆坡之前都没有再见到他们。

飞行很正常，在马来西亚降落时，我还真是松了一口气。我打算在这里寻找进一步工作学习的机会。当所有的人都下了飞机到了进关的地方，哈利和侯赛因过来找我，因为海关的表格是英文的。这两个人到了这个时候才发现他们的计划不会一帆风顺。需要说英语，而他们完全不会，这让我一下子变得十分有用。

我帮他们填了表，然后一起去了进关处排队。然而，他们遇到了另外一个障碍。当哈利交上他的护照时，海关的工作人员告诉他他的护照有效期不足六个月，并说："对不起，你不能进入马来西亚。”

哈利没有听懂，显得十分地紧张。的确，无论他的计划是什么，要想成功，首先都得进入这个国家。我只好介入并向工作人员保证，哈利一入境就会去伊拉克领事馆办理新护照。那个官员是个友好讲理的人。我解释说哈利不会说英语，也没有钱返回伊拉克取得新护照，海关官员完全理解，我大约花了十五分钟来说服他让哈利入境。

我们之后没有遇到其他问题。快到出口时，哈利和侯赛因说他们必须找一个公用电话亭并按照一个指定的号码拨打电话。这是他们第一次说出他们在马来西亚有接应人。我们找到一个电话亭，他们试着拨打那个号码。但是电话中的提示语是英文，他们没有办法拨出。这两个伙计可真没提前为他们的行程作任何预估。所以，最后我只能替他们打出这通电话。

拨通电话后，我让侯赛因和他们的接应人通话，直到他们开始交谈时，我才意识到这个接应人是伊拉克人，之后又慢慢分析出这个人是个“蛇头”。

接应人一定说了他只准备接待两个人，因为侯赛因和他说有第三个人和他们在一起，是个会说英语的医生。所以那个联系人让他把电话再交给我。

他直截了当地说，他认为哈利和侯赛因对需要做什么根本没有任何概念，所以他只会通过我给予他们指示，以避免冒险。所以，突然间，我就成了偷渡流程中的一员。

在我的人生中，许多次转机不是通过计划，而是不期而遇，这正是其中的一次。

我们出了停机楼，步入了吉隆坡湿热的午后，随即乘出租车离开机场，我坐在前面向司机提供指示，而哈利和侯赛因坐在后座。那个联系人告诉我去位于邱奇区的一个指定地点等他，他会去那里找我们。

邱奇区十分繁华，有许多中国市场。摊贩们卖着各种假冒名牌服装、手袋、手表以及翻译器。之后我还发现这里是吉隆坡的红灯区。联系人之所以选择这个地方，是因为这里十分热闹，我们在那里不会十分显眼。

我们仨站在指定地点——一家麦当劳对面，过了十来分钟后，一个西方长相、一米八以上的高个子男人走向我们。他皮肤很白，穿着一件卡其布衬衫和一条浅褐色的齐膝短裤。他看起来整洁聪明，更像是个北欧人。

他走向我，问道："你就是那个医生？"

我肯定地答道，并作了自我介绍。

"你好，我是马迪。"

马迪是第十二世阿訇的名字，所以在伊拉克十分平常。他把我们带到五十米外的一个小旅馆，看起来好像是个背包客栈。马迪和前台的接待员说着马来语，并订了两个房间，因为我坚持要有自己的房间，与哈利和侯赛因分开住。

我们都在旅馆换了些钱。我很小心，不透露我身上有多少钱。在飞机上，我从钱包里拿了两百美元出来，所以他们只看见我带着小额现金。

马迪说他想和我谈谈。所以我们四个上楼到了哈利和侯赛因的房间，在那儿，行动第一次被详细解释。马迪说："这么办，你们给我你们的护照，每人四百五十美元，我会为你们办理去印度尼西亚的签证。"

想到要交出护照——我最重要的宝贝物件，而且是给一个"蛇头"，我着实吓坏了。我很清楚，他是个不值得信任的犯罪分子，我不太担心损失一笔钱，但是要是没了护照，我的麻烦可就大了。

"我很抱歉，但是我怎么知道我可以相信你？"我问道，"我怎么知道你不是仅仅为了偷我的护照和钱？"

马迪的回答冷静有礼，这让我吃惊，因为他是一个深深陷入肮脏的偷渡生意的犯罪分子。

"我要维护我的信誉，"他说，"我干这一行已经很久了，一向都是这样处理的。你并没有什么选择。要么接受，要么走人，我不需要留着你们的护照太长的时间，一天之内就会还给你。"

另外两个人马上交上了钱和护照。

我必须当场作出决定。直到那时，我还从未认真地考虑过把我的生命和未来放在偷渡者手中。我对整个流程并不了解，所以我问他我交给他钱和护照之后会发生些什么。

“我们会让你进入印尼，”他答道，“在那儿，你们去找一个叫哈米德的人。”

我问：“我们从印尼去哪儿，澳大利亚？”

与其说他在解释，不如说他在推托：“我们一步一步来。我的任务是把你们送去印尼。之后你可能去澳洲，也可能去欧洲。我不知道，我不参与之后的环节。”

我考虑了在吉隆坡申请庇护的可能性；直到今日，马来西亚都没有签署1951年的难民协议以及之后的1967年条约，所以这里并没有正规的条例和部门机构处理难民问题。在马来西亚寻找庇护不仅困难而且危险，因为你如果被作为非法移民处理，在不作任何个案调查的情况下就会被遣送回原住国。这是一个我无法冒的险，返回伊拉克就代表着死亡。

在不清楚将会把自己送入何种境地的情况下，我头脑发热地作了决定，而这个决定导致了后面几个月一系列戏剧性的事件，我给了他钱和我的护照。

在马迪带着文件和现金离开之前，我们还必须准备给他额外的钱买去雅加达的机票，我们三个离开了酒店。我们在黑市换了些钱，这里比在银行里换大约高出百分之三十。之后我们吃了些东西，就回房休息了。

两三个小时之后，马迪带回了我们的护照。护照里夹着几天后印尼鹰航去雅加达的机票。我们惊讶地发现竟然是商务舱。马迪从没有解释过原因。也许这是仅余的机票，又或者是让我们减少被人怀疑的可能性的策略。他给了我详细的指示，如何通过雅加达海关，并提供了一个电话号码，说道：“当你们到达雅加达，一定要在机场打这个电话。”

太多的事情淹没了我，我没有问其他问题。但是我必须说，从第一次和“蛇头”打交道的经历而言，我感到很愉快，并惊叹其工作的高效。

我们在吉隆坡又待了一天，我决定看看这座城市。当我还在安曼时，巧遇了我的朋友娜达，她和我在巴格达医学院同期。她们一家都从伊拉克逃了出来，我们聊了会儿天，我告诉了她去马来西亚的计划。她给了我她在吉隆坡居住工作的姐姐和姐夫的地址和电话。于是我联系了他们，他们家住市郊，我乘了火车去看望他们。

见到熟悉的人，虽然只有几个小时，但感觉仍然很亲切。我告诉他们再过两天我要去印度尼西亚。他们对于我将要参与偷渡表现得十分担心，并且警告我将会遇到危险。他们说如果我决定留下，他们会帮助我找到一份工作或是继续学业。但他们也证实了我已知的信息，找到工作是有可能的，但是不会带薪，而会成为我所支付的大学教育的一部分。在医疗系统中找到工作的可能性并不大，事实上，几乎没有任何伊拉克医生在马来西亚找到带薪职位。

回到市区，我带着哈利和侯赛因去了双峰塔吃饭。他们被双峰塔惊呆了。当然，在这之前他们没去过别的什么地方，他们也许从来没见过这样的建筑。

第二天很快就过去了。我们去了集市，又在邱奇区转了一会儿。随后我们搭了一辆出租车去了机场，在那儿我们将会验证我们进入印度尼西亚的签证是否有效，或者至少是否看起来有效合法。

我们靠近海关工作人员时都十分紧张。但是没有遇到障碍，我们提供的文件没有受到任何怀疑。直到最后的检查处，我们意外地被机组人员拦下，问我们在马来西亚干什么，去印度尼西亚又为了什么。

我充当了发言人，说我们是游客，到了这个地区，想看看雅加达。这其实完全是胡说。雅加达是一个很混乱的城市，几乎有一半的人口居住在狭小的铁板房里，只要头脑正常的人都不会想去那儿旅游。

但是，他们还是接受了这个解释，我们登上了飞机。

航程很短，只有一两个小时，很平稳。我们到达之后，依照马迪归还护照时所给予的详细指示行事。他说得十分清楚："当你们到达雅加达海关时，会看见四五个移民官。不要去女移民官那儿，也不要去那个主管移民官那儿，去那个制服肩章上没有任何星的家伙那儿。"

他详细描述了场景并说："当你递上护照时，在护照里夹上一百美元。"

我抗议道："这是公然的贿赂。"

马迪回答说："照我说的办，你不会遇到麻烦。如果你不在护照里放上钱，你将会乘下一班飞机回来，那我们明天见！"

当我们还在飞机上时，就照他说的把钱放进护照里。

当我们走到入境海关区域时，情景和马迪说的完全一样，女移民官在那边，主管移民官也在……我们去了那个肩章上没有星的官员前排队。

我站在最后，这样万一出了什么问题我可以替他们翻译。侯赛因和哈利按顺序把他们的护照交给移民官，那个官员打开护照，取出钱，放进他的抽屉，在护照上盖章。轮到我时，他也是完全照做。

直到今天，我仍然不清楚当时的具体细节。不管怎样，我们顺利过关。

但是我必须说当我们把护照递上去的时候那种不确定感真恐怖。要知道贿赂移民官可是重罪，我还是很难接受这样的事实，但一不做二不休，我唯一的选择是硬着头皮继续完成它。

所有步骤都按指定计划完成，除了一件事：我们走出海关时，哈利很顽皮地笑着。我们问他为什么，他很骄傲地说："我没照规定做，我只在护照里放了五十美元！"

我不敢相信，这自作聪明的傻瓜差点儿把我们都置入危险的境地。

"再也不许这么干了！"我朝他喊，"从现在起只许照规矩办事。"

我们取了行李之后就在机场找到一部公用电话。有了在吉隆坡处理类似事件的经验，我坚持由自己来打电话。我拨了号，哈米德接听了。我告诉他是马迪给了我他的名字和电话。哈米德指定了我和他见面的旅馆，并告诉我找辆出租车。他听起来很忙，所以交谈十分简短。

到了这个阶段，我以为我们已经很接近成功了。但是当我们到达旅馆后，希望很快就转为失望。

9. 序幕在雅加达拉开

Prelude in Jakarta

我们乘出租车从机场出来，花了大约四十五分钟，将近晚上八点才到达目的地。旅馆坐落在雅加达北部海湾一片未经开发的地区，是一幢破旧、半荒废的六层建筑。天色已黑，但是仍能感觉到空气中的潮湿。旅馆虽然地处主要道路，但是入口极其隐蔽，需要穿过一旁的小路才能找到。

旅馆的接待处还算干净，但其他的都十分糟糕。房间里充满着腐败霉变的气息。家具还算完整，但是残旧不堪、满布划痕。这个地方也许曾经派上过更好的用途，而现在，它已经沦落成中东人等待"蛇头"通知的集体宿舍。

我估算了一下，有超过一千人被塞在这个旧旅馆里。大多数旅客是中东长相的中年男人，他们扯着嗓门儿大声说话、不断抽烟，还有一些穿着传统服装的穆斯林女人。总体来说，男人们看起来如同恶棍，留着长胡须，穿着肮脏的衣服，裂了口的脚上穿着拖鞋。女人们大多穿戴着希贾布遮住头发，其中一些穿着全套的博卡，连眼睛也躲在别人的视线之外。你不会经常看到她们，大多数女人的活动范围仅限于自己的房间。

只有几个妇女没有男人陪同，她们与周围的环境格格不入。领头的是一个大约四十岁的妇女。和她在一起的是三个年轻女性，年龄从十来岁到二十岁出头，另外还有一个男孩儿。这几个年轻人穿着西服，和其他旅客相比，他们很明显来自较富裕阶层。

这几个人后来成为我生命中的重要部分。年轻女性中年纪最大的一个穿着精心挑选的时尚衣服，装扮西化。她二十一岁，叫朵拉。朵拉是和她的弟妹们——十九岁的娜拉、十三岁的玛丽·安妮、十岁的弟弟阿里，以及她们的姨妈荷达一起逃亡。孩子们的母亲，荷达的姐姐，三十九岁时死于癌症，而孩子们的父亲留在了伊拉克。

现在回想起在旅馆里的那些人，我后知后觉地发现，其中有相当一部分是伊朗人，但当时大家都声称自己来自伊拉克，以此增加在澳大利亚获得永久居留权的机会。在旅馆认识的大部分人说阿拉伯语。我猜测他们来自伊朗的西南部，那里是阿拉伯语的发源地。我甚至怀疑他们大多来自边远地区，对自己村庄外的生活几乎一无所知。这就可以解释为什么他们几乎对任何其他生活方式都无法容忍。正因为仅仅熟知自身的生活方式，所以几百年来的传统习俗，让他们沿袭着极端宗教教义对世界的解释。仔细想想也不难理解，他们也许甚至从来不知道还有其他观点存在。

我和哈利、侯赛因在接待台前等待分配房间。四五个男人坐在我们身边，他们看起来三十出头。其中两个作了自我介绍，他们的名字是瑞德和拉希姆。这几个人体形健壮，手掌粗大，看起来像是干惯了体力活儿的人。

朵拉一家经过接待台时，拉德和拉希姆开始议论她们。

拉德显然对她们的穿着十分不满，“她们怎么能这样走来走去？我真想把手放进油污里，再把她们的头发和脸涂黑。”他吼道。

拉希姆答道：“别操心了，她们就是妓女。”

他们不停地污辱朵拉和她的家人，猜测着她们是来自伊拉克还是沙特。我忍不住想：“天哪，我把自己投入了怎样的一种境地。”

拉德和拉希姆开始和我们聊天。他们解释说难民们白天大多数时间就坐在接待室。晚上他们去夜总会或者是让服务员招呼妓女到房间里，一些难民在酒店住了两个月，有些长达四个月。所有这些人，都在等下一艘船。

我的心沉了下去，第一次意识到，无知无畏中，被牵连进这类事件的严重性，自己犯了一个天大的错误。

他们问我们，是被哪个“蛇头”带来的。我真是笨，竟然到现在才知道原来还有好几个“蛇头”。

“是阿布·阿里还是阿布·马斯塔法？”

我回答说我们应该跟着哈米德，虽然直到此时还没有见过他。

当我问到旅馆里的人数时，拉德和拉希姆说在这之前人还要更多，因为几天前阿布·阿里的大船才带走了大约三百人。那艘船在当时是抵达澳洲的最大的一艘船，因为牵扯的难民人数庞大，导致澳洲政府设立了临时保护签证。

拉德和拉希姆的描述让人十分压抑。我意识到他们已经在这个特殊的中间地带滞留好几个月了，我问他们是否持有在雅加达停留的有效护照。拉希姆回答："没人提这样的问题。"

谈话很快转移到我的职业上。因为我的那段从伊拉克逃往约旦的经历，属于十分敏感的话题。我不是十分愿意告诉别人我是个医生，因为我不知道他们会做何反应。但是已经没什么保密的必要了，反正侯赛因的回答已经说走了嘴！

他还挖苦着添了几句："这个人和我们不一样。他不是工薪阶层，他来自'雀巢'阶层。"在伊拉克，"雀巢"阶层代表着上层阶级的人，因为他们就好像雀巢巧克力一样，遇到困难则"遇热即化"。

我们在接待处登记之后，领到了两把房间的钥匙。哈利不明原因地大闹了一场，并说他不愿意和侯赛因同住一室。所以我只好和侯赛因同住。我们的房间在旅馆的顶层，过了一段时间之后我才发现，房间就在朵拉一家的隔壁。

入住之后我们决定到处转转，消磨时间，等待那个叫哈米德的"蛇头"来见我们——当然如果他会来的话。拉德和拉希姆告诉我们不要期望太高，他们说没有任何可能"蛇头"会在当晚过来。

但是他们错了。显然，有人告诉了哈米德，旅馆里来了个医生。

我们回到房间里安置下来不久，就听到了敲门声。打开门时，看见三个男人站在那儿。一个三十多岁，另两个二十出头。年长些的那个自我介绍，他就是哈米德，年轻一些的男人是他的兄弟纳吉德，第三个人的身份不明。

哈米德衣着整洁，留着精心修剪过的胡须。他很瘦，比我矮一些，穿着黑色的衬衫和裤子。另外两个人穿着灰色上衣、黑色裤子。

哈米德打破了沉默："我可以进来吗？"

我请他进了房间，他身后跟着纳吉德和另外那个不知姓名的青年。他们坐下后，哈米德直接说："我认为我是一个很幸运的人。我向真主祷告，而真主应许了我的请求。"

当然，我并不清楚他在说什么，于是要求他解释。

"我向真主祷告请求他给我引领两个人，"他说，"一个医生，一个阿訇或毛拉。在我们继续谈之前，我需要确定，你真的是位医生吗？"

我肯定地回答了他的问题。

"真是太好了，"他说，"一个毛拉明天将从德黑兰飞过来。"

我心想："这家伙到底在说什么呢？"

哈米德、纳吉德以及他们的同伴完全忽视了侯赛因的存在。哈米德滔滔不绝地展开了话题……

"我可以再问你一个问题吗？"他说，"你是逊尼派的还是什叶派的？”

在当时的环境下，这似乎是一个有些多余的问题。我说：“你如果一定要知道的话，我的家族是逊尼派的，但我认为我不属于任何教派。”

“我是从苏莱曼尼亚来的库尔德人，”他说，苏莱曼尼亚是一个库尔德人聚居的省份，居民以逊尼教派为主，但是已经世俗化，“我的家族是逊尼派，但是我在什叶派那儿看到希望，转了教派。”

显然，因为萨达姆是逊尼派，所以在伊拉克境外，许多人假装成为什叶派。我也许是误解了他，但我猜哈米德也许是为了与生意圈子建立更密切的关系，才成为什叶派的。

我打断了哈米德的闲谈，礼貌而直接地问道：“所以你给我们带来了什么消息？”

“我们有一艘船在三天后开往澳大利亚。你是否感兴趣？”他问道。

“但是据我所知大多数人需要等待至少三个月的时间。”我说。

他打断我：“比这个长许多，成百上千的人等待着离开。”

“那为什么我可以在三天后就离开？”

“如果你愿意上我的船的话，你可以在三天后离开，因为船上需要一个医生。”他很平淡地说。

“嗯，当然，‘我们’会有兴趣。”我回答时有意作了强调。

哈米德很快打断我。“不，你一个人。其他人必须等。”

他回答的方式让我不舒服，很蛮横。但是我坚持道："不，我和这两个伙计一起来的，不带上他们我不会离开。"

一开始，哈米德拒绝让步，说因为其他人已经等了好几个月，我的两个同伴不可能提前。突然间纳吉德和他们的另一个同伴加入了谈话，三个人一起反对我。而同时，可怜的侯赛因只能站在边上，毫无办法地旁听着他和哈利的命运将被如何裁决。

我坚持我的立场，直到哈米德改变了主意："好吧，成交。你们三个都可以上船。"

计划订下来之后，哈米德问我行程需要些什么药品。

"船有多大，将有多少人上船？"我问。

"那是一艘很不错的船，"哈米德说，"我才给他装了一个新的六轮马达。会有大约五十人上船。我会提供食物，你只需要列出需要的医疗用品。"

之后是问题的关键，"有三个孕妇，其中之一快要生了。"他补充道。

我立即开始担心他有可能向我隐瞒了部分事实，但仍然列出了我认为必要的物品，包括尽量多的防止晕船和呕吐的药品，一百升生理盐水，以及静脉注射针、注射器。之后我问："你将怎么找到这些东西呢？"这些可都是只有在医院才能找到的。

但哈米德看起来半点儿也不担心，让我惊讶地回答道这完全不成问题，"不用担心，我会安排，我有熟人。"

“我可以看看这艘船吗？”我随后问道。

“我明天带你去看，”哈米德同意了，“现在告诉你的同伴们准备好钱。”

哈米德和那吉德以及他们的同伴一起离开了房间，走时扔下一句：“好好享受在雅加达停留的这段时间吧！”

事情后来发展的情形是，直到那吉德和我们一起上船时我才再次见到他，他是“蛇头”的兄弟，这个秘密被隐瞒了下来。我们的航行结束之后，我没有再和那吉德联系，但我听说他的难民身份被澳大利亚接受，几年之后在一次车祸中丧生。

哈米德收了我两千美元。我不知道他收了哈利和侯赛因多少。一般的价钱在五千美元到一万美元。这意味着，就算他们仅带上五十个难民的话，“蛇头”每艘船可以挣二十五万美元到五十万美元。当然，人越多，利润越高。

但赚大钱的并不是哈米德，他应该是领取薪水的。牟取暴利的是幕后的大老板。我没正式与他会面，那是一个印尼人，我仅仅在上船之前见到他向难民们收钱。

不管怎样，哈米德仍然从他人的不幸中获取了丰厚的报酬。我之后听说他曾是朵拉姨妈荷达的朋友，在她们停留在这儿的几个月中，彼此之间建立了信任。某天，他到她们的房间，交上一个口袋，让荷达在他离开的几天里帮他保管一下。她虽然觉得有些奇怪，但是仍然答应了。这时他才说，觉得她们是诚实的人……并告诉她里面有五十万美元。他一周后回来取这个包，眼睛都没多眨一下。

哈米德不是一个老于世故的人。按照朵拉说的，这可以简单地从他对饮料的选择来判断，哈米德喝茶和咖啡，把两样混在一起喝！

直到今天，我仍然不清楚旅馆的名字以及它在雅加达的确切地理位置，但我记得有一家叫“三匹马”的夜总会。雅加达娼妓业发达，旅店里的男人们都去那里找妓女。

旅店里大多数的男人忙于外出找乐子，酒精和妓女在穆斯林宗教传统中是被禁止的，但是在雅加达的那家旅馆里，任何事似乎都成了合理的游戏。

哈利、侯赛因和我比起其他住客，要保守许多。哈利和侯赛因原来已经接受了要在旅馆里住上几个月的事实，而现在很快就可以离开，所以乐坏了。因为几天后就要动身，我们决定到旅馆附近的街上走走，顺便找点儿吃的。

这远比我们想象的要困难和危险许多。走在街上，我们的精力和时间全部花在了躲避蜂拥而来的摩托车上。而且，虽然这里有上百个摊位，但似乎找不到什么可以吃的东西。这是一个十分破旧的城区，大多数店铺只卖米饭和几样让人没胃口的小菜。就连哈利和侯赛因他们也对那些食物的卫生安全打了问号。

第二天一早，哈米德带着医疗用品来了。让我十分惊讶却也松了一口气的是，他把我要求的每一样东西都备齐了。很明显，他的联系人的确像他那天说的那样可靠。

之后，哈利、侯赛因和我一起去靠近旅馆的超市买了几箱可乐、罐装吞拿鱼，以及长棍面包作为航行中的食物补给。一切都进行得十分顺利，哈米德依照约定，当天下午带我去看了我们将要乘坐的那艘船。

开车去看那艘船，一路上的景象十分恐怖。哈米德开着他的吉普车，身旁坐着那个身份不明的男子。我和前一天晚上到达的毛拉坐在车的后座。命运完全被一群素不相识，而且坦白说没有理由信任的人所掌控，一想到这些就让我恐惧得近乎窒息。他们就是一些阴险狡诈的不法之徒。我能做的唯有祈祷不要被抓到，除此以外我完全无法控制。但是，如果我想去澳洲，则别无选择，只能把生命交到这些贪婪的人手中。

紧张的气氛与不舒适的环境相伴。吉普车没有顶篷，亚热带的气浪包裹着潮湿，四周灰尘满布，这一切真是让人难以忍受。

哈米德尽量避开主要干道，并且不停地从后视镜里检查是否有人跟踪。当我们别无选择地必须走大路时，哈米德明显变得十分紧张。我估计他已被警方备案，一旦被发现行踪就会被追捕。

尽管很紧张，但哈米德仍然不停地说他有许多关系，让我们放心，即使出了什么事，他也会有办法解决。

我们终于行驶到了雅加达北部蓬加尔干水系，车在码头附近的一个贫民区停下来。哈米德很快就找到了那艘将要带我们去澳洲的木船。木船混在十来艘几乎没有任何区别和标记的印度尼西亚渔船之中，停泊在码头边上。

船大约十五米长，陈旧斑驳的油漆透着浅绿色和白色的光泽，只有一层甲板，一小块儿可以遮阳的地方，延伸出去构成船尾的另一区域。食品会被储存在一个有篷子的架子上，这片区域会留给妇女和儿童。在篷子的后方是一个厕所——甲板上一个六十厘米正方形的洞，连着一个大桶，有着两块薄板做的墙和一扇门作为遮挡。

甲板底下是机房，以及一个原本用来储存鱼的船舱。在整个航行中，那里将会被用来装载如同鱼类一样被困的生命——难民。

很明显，这艘船太小了，面对即将到来的旅程严重装备不足，我马上意识到我们所有踏上这艘船的人的健康都将由自己负责。从医学角度来看，登船的人越少，可掌控的可能性就越大。我再一次问哈米德会有多少乘客。

"嗯，大约五十个人。"他重复道，尽量表现得充满说服力。

显然哈米德相信这是一个很合理的数字。我却吓坏了！我指出那么多人登船的话会过于拥挤。但是哈米德很自信地认为这艘船可以轻而易举地完成任务。当然，之后我才明白，为什么他如此信心满满。

我们围着船走了一圈，哈米德请毛拉祝福了这艘船。在仪式中，我意识到我们真的需要老天保佑。

我们回到旅馆后，哈米德告诉我，这艘船会在当晚驶向爪哇以南，停在一个秘密的地点，以便第二天乘客们登船。我们要在早上六七点时乘车离开旅馆。他说乘客只可以随身携带一个小包、护照，但是绝对不可以带其他文件。我又付给了他一笔费用，以确保我在船上拥有一席之地，之后他离开我的房间去向其他人收钱。我烦躁地花了整晚的时间——无论是精神上，还是物资上，为了生命中这次最重要的航行作着准备。

我很早就醒了，很清楚地记得当时想着一定要吃早饭，因为真不知道下一顿饭将会是什么时候。两个煎蛋面包，一杯茶，都是凉的！这让我十分担心，这样的食物很容易引起食物中毒，万一在那艘又旧又挤的渔船上航行在印度洋上时发生食物中毒，那可是我最不期望发生的事。

在旅馆外停着一辆破旧的蓝黄相间的巴士。哈米德指挥着乘客——大约五十人——上了车。在每个人都被安顿好之后，他就离开了。我们就此出发。

巴士向南行驶，一路上气氛有些奇怪。很自然，有一些旅客因为在澳洲开始的新生活即将成为现实而兴奋不已，而同时，对将要面对的航行又紧张不安。而且实际情况是，事态如何发展以及这次航行在何时终止都无法预知。我不知道其他人怎么想，他们中的绝大多数人应该从来没有乘过船，但我清楚地知道危机重重，而事实上，我们的生命完全操纵在上天手中。焦虑足以让心跳得快要蹦出胸膛，而同时种种未知也让人恐惧不安。

虽然每个人都有座位，但是巴士仍然十分拥挤。行驶的路线是迂回的，从旅馆去渔船停靠的海湾大约是三个小时的车程，我们却花了整整一天。巴士曾两次开到了既定目的地却没有停下。我只能猜测，要么是船只没有准备好，要么是前两次到达的停靠地点不够安全。

第三次还算幸运，我们终于停了下来，并且开始下车。

这时，天色已经变暗，夜幕低垂。四周一片漆黑，只有渔船的探照灯直射在巴士上。

哈米德在吉普车上等着我们。和他在一起的，是一个印尼人，坐在一辆崭新的奔驰车上，我估计他应该是幕后大老板。他看起来比其他参与者都明显有钱得多。除了这两个组织者之外，还有两个保镖——手持自动机枪、身着便装，毫无疑问，他们一旦遇到情况，会毫不犹豫地开枪。

让我震惊的是，不久就有另外两辆巴士从别处开来。还将有一百人左右被塞进这艘我认为已经超载的破渔船里。很明显，我为五十个人准备的药品完全无法满足一百五十个人，甚至更多人的需要。

显而易见，我们即将面临的考验将达到令人恐怖的境地。

“蛇头”的手下开始向后两辆到达的巴士上的乘客收钱。如果某个难民没有足够的现金，只要是有一些价值、可以快速变卖出手的，比如，首饰、戒指、手表都被剥下来。至于那些身上没有足够的钱或者是值钱东西的人，“蛇头”的打手就开始逼问他们是否还有其他经济来源，达成某种协议，到达目的地之后把钱补给“蛇头”。我不清楚是否有人最终上不了船，但理论上讲如果你不能提供付款能力的证明，就根本到不了这儿。

我们下车后，走了大约十分钟，穿过矮树丛，到达沙滩。这里偏远而孤僻，只有远方几处稀疏的灯光从渔夫小屋的栅栏中露出，在深夜中时亮时暗。夜幕从四面八方静悄悄地包裹着我们。

没有码头，渔船停靠在浅滩上。每个人都必须先乘一艘锡制摆渡小舟登船，一次几个人。小锡舟驶达渔船后，我们要爬上一个小梯子才能到达甲板。朵拉是第一个登上渔船的人，她穿着不合时宜的时尚上衣、铅笔裙，以及高高的松糕鞋！

朵拉和她的家人被旅馆的环境吓坏了，所以她们决定在这次航行中自己采取措施。她们带着自以为用得上的东西——一个便携式煤气炉、瓶装水、茶包、擦手巾、牙刷、牙膏、洗脸毛巾以及面部清新喷雾剂。我不清楚她们如何看待即将开始的航行，但是我认为这些物品更适合一次豪华旅行，与我们面前这艘破船的应有规格格格不入。

妇女和儿童先被运往船上，她们被安置在船舱后方有遮阳的地方。几乎所有的妇女都穿着黑色的哈甲布，依照伊拉克边远地区和伊朗的习俗，只露出脸部和手。毛拉的妻子是唯一穿着全套博卡的女人。朵拉姐妹则是唯一穿着西式服装的女性。整个过程中，那些穆斯林传统妇女不断警告这三个年轻女子离她们的男人远些，这让当时的情形更为紧张。

男人们随后上了船，大多数人穿着衬衫、牛仔裤，但其中也有一些年长的穿着传统的黑色长袍。每个人都忙着为自己打算，在更多的人挤上来之前，努力占据着好位置。

这个过程花了大约四个小时，在所有人员都登上渔船之前，发生了一个戏剧性的插曲。

一个伊朗难民曾经是巴德尔旅的成员。在两伊战争中这支由伊朗军官指挥伊拉克叛逃者组成的民兵旅，曾经击败了伊拉克政府军。他们因为残忍地虐待伊拉克战俘而声名狼藉。我表姐的丈夫被巴德尔旅成员虐待，被拔掉了所有的牙齿和指甲。他曾诉说他有三次颈部以下被埋在沙子里，然后巴德尔军人开始拔他的牙。他几次以为自己会被斩首，但是他们总是在杀他之前停下来。

在我们等待登船时，这个巴德尔旅的前成员痉挛发作。他发高烧，所以我给他注射了阿司匹林——现在这样的治疗方法当然已经不被采用，但在当时，这是我唯一的办法。很庆幸，他康复了，但当时无法预知的是，这让我备受纠缠。就是这个被我救治的男人，在之后的几个月里给我制造了无穷无尽的麻烦。

朵拉的妹妹玛丽·安妮，只有十三岁，是另一个主要事件的中心人物。这个天真的孩子穿着完全符合其身份的服装——一件短套裙，上面有维特鸟图案。她露着双腿，没戴头巾。毛拉发怒了，并且声称如果她这种装束上船，船会沉。这引发了这群前途未卜，焦虑到极点的人们的恐慌。朵拉的姑姑和我不得不介入，向毛拉施压，质问他怎么可以把一家人拆散。最后毛拉终于同意让玛丽·安妮登船。

因为每次小锡舟只能装很少的人，登船变得十分拖延，一直到凌晨所有人才都上了船。到这时，情况让每个人变得恐慌。大约一百六十人挤在一艘仅仅可以勉强承载五十人的船上，我们必须与破渔网分享有限的空间。

在后面篷子里的妇女和儿童盘腿坐着，肩挨着肩。船上其余的人，根本就没有办法坐下来或者伸展一下身体。开始的时候，每一个人都站在甲板上或者下面的舱房里。人挤着人如同罐头里的沙丁鱼。

每个人都在喊，努力找到他们的同伴，并且想知道医生在哪儿。空气里充满了紧张和焦虑的气氛。

我们几个在船的后部甲板篷布上面找到了最佳位置，这里有一点儿多余的空间。因为大多数人不敢爬上来。

除了拥挤之外，我更担心的是如何对付船上可能发生的疾病。医药用品只够五十人所需，但我面对的是多于三倍的人数，其中还有三名孕晚期的妇女。

我不时被想象到的可能面临的医疗上的灾难景象所淹没。我们将要经历一场恐怖之旅。我不知道未来如何，或者，坦白地说，我们是否还有未来。

我们在雅加达时听说几天前开出的一艘难民船沉了，无人生还。所以我们对微薄生命的维系，很大程度要依靠自己的意志。

我们所能依靠的只有一些简单的食品，少量药品和水。没有救生筏，没有求救信号灯，如果船在大海中翻了，没有任何逃生的机会。船上只有几件救生衣，倒是足够平时在船上工作的几个渔夫使用，但是怎么也不可能为一张一百五十人以上的救援名单提供充分的帮助。反正，平心而论，在大海中真遇上暴风雨，一件救生衣也帮不了什么忙。如果我们必须弃船，整船人的死亡将成为必然的结局。

不仅船只本身让人担心，驾驶它的人也让人忧心忡忡：渔船上一个又瘦又矮的印尼船夫充当船长，加上两个印尼孩子，一个大约十四岁，另一个大约十二岁，就是这些人将要负责把我们送去澳洲，他们装备着一个十分初级的导航系统，还不如今天我们车内配置的导航高级。

1999 年 11 月 7 日清晨，船长发动了马达，渔船慢慢驶离海岸。我情绪复杂，忧虑中掺杂着兴奋，至少，我们上路了。但是，面对必须经历的危险、可能到来的灾难，我心中早已被恐惧填满……

10. 始于印度尼西亚的海上之旅

The boat journey from Indonesia

我们驶离宁静的港湾时，尽管一切顺利，风平浪静，但是后面的航行注定让经历它的每一个人终身难忘。这场海上之旅开始时出人意料地安心而轻松，当然，和人生中大多数的事情一样，这并不代表着会一直如此。任何有航海经验的人都知道，一旦驶离港口海湾，情况马上就会发生变化。

驶入开阔水域后不久，海面变得波涛起伏，人们开始呕吐。因为人挤人，他们几乎全部吐在彼此身上。而且自然而然地，只要一个人开始呕吐，就会连锁反应地带动其他人。这给后期的航行定了基调——事情只会变得越来越糟。

除了少数人外大部分乘客从未见过大海，更别说乘船远行了。他们中的绝大多数来自伊朗或者伊拉克内陆，对那里的居民而言，“海洋”这个词可能是个完全陌生的概念。我们的小渔船如同海上漂浮的一根树枝，完全仰仗于命运的仁慈。而乘客们看起来好像正在参与拍摄一部沉船进行时的电影，周围充斥着恐慌的尖叫、相互的推搡和“真主万能”的哭喊。

在呕吐迅速传播开来之后，乘客中那些受晕船影响比较严重的，开始小便失禁。呕吐物和尿液混杂在一起，一时间令人作呕的气味充斥着整艘船。

这些从战乱和争斗中逃离的难民，也许其中很大一部分人在本国遭受过酷刑，但是现在正经历着更加痛苦的考验。他们浑身上下都是自己的或者别人的呕吐物或尿液。我从来没有见过这样的场景：肮脏、失去尊严，好像航行本身还不够危险，需要再添加一些严重的卫生问题。

当时二十七岁的我，虽然只有两年的临床经验，却觉得自己对船上所有人的健康及生存负有不可推卸的责任。然而完成这个责任却仅凭手上的这些基本医疗用品。客观地分析，假如我们能够幸存，将会是一个奇迹。

几个小时之后，估计我们已经进入了公海。我注意到一艘大型的灰色船只，凭借我毫无航海经验的双眼来判断，那像是一艘海军巡逻艇，它刚出现在视野里，就开始尾随我们。一艘小艇从大船上放下来，开到了小渔船边上。当我们还在船上左摇右摆的时候，渔船的船长——那个我们以为会负责带我们驶向安全的男人，居然弃了船，登上了巡逻艇。

那个船长的行为毫不负责，小渔船上只留下两个十几岁的孩子来完成余下的航程。那两个孩子，当然完全没有相关的执照或是资历证书，不过这并不影响他们就此成为我们命运的掌控者。

一个伊拉克难民站出来说他曾经在海军服役，可以尽力而为。他虽然不是一个有经验的水手，但至少他是个成年人。

现在，我们完全要靠自己了。这艘病恹恹的小船要和许多因素作战，它那弱小的引擎，并不是为了比这印度尼西亚浅滩凶险得多的水域而订制的，如今船身在越来越愤怒的大浪中发出呀呀的叹息。与之相伴的，是人们的哀号和长期晕船之后的呕吐声，以及呼唤医生微弱的求助声。除此之外，是无法预知的命运带来的紧张和焦虑。最让人担心的却是乘客本身。我知道他们中的一些人有着非常危险的背景，在他们的眼里，生命如同廉价物品。据我观察，至少有几个人就很可能变成杀人犯，他们不断地实施恐吓。如果一场争执升级，而且这已经发生了好几次，他们会毫不犹豫地把某个人扔下船。毕竟我们来自那样一个地方，那里的生命与可以结束它的子弹等值。

与此同时，天气也好不了多少。当时恰逢热带雨季，航行没多久就开始下雨。大雨一下就是几个小时，从夜晚直到第二天早上。在甲板上那些没有遮蔽的人们很快就浑身湿透，他们完全暴露在雨水中，杂乱无章地躺在彼此的身上。有十人至十五人呈半昏迷状态，呕吐物溅在他们身旁。甲板下的难民在拥挤的船舱里艰难地呼吸，更加糟糕的是，柴油引擎排放的烟雾也混进来凑着热闹。

暴雨夹带着狂风与巨大的海浪共舞，小船载着我们如同过山车一般，不时冲下浪底，再飞上浪尖。

在船上，局势急剧恶化，因为脱水，难民们变得越来越虚弱。我在船上不停地巡查，很多时候不得不踩在无法移动的难民身上才能通过。我在航行刚开始的十二个小时里就用完了手上的输液管。而我们对还要在海上待多久几乎一无所知。从这时起，怎样不依靠任何资源而保住难民们的生命，成为摆在我面前的问题。

我的旅伴侯赛因和哈利尽了全力帮助我。他们完全没有医学知识，但是却不遗余力，船上绝大多数人看上去已完全不再关心别人了。

毛拉带着他的家人：妻子、两个女儿，以及两个儿子。他的大女儿是船上的三个孕妇之一，经过几个小时的海上颠簸，她病得很重，需要注射静脉点滴才能免于脱水。她待在船舱后面有遮阳篷的区域，还算幸运，因为这可能已经是船上最佳的位置。

当我告诉她我需要给她输液时，她向我伸出前臂，却仍然用衣服遮着。我让她把袖子拉上去，这样我才可以在她的前臂找到适合输液的静脉，她拒绝了。这显然是因为她的宗教信仰，希望以此保持尊严。从医生的角度来看，我觉得这毫无道理，因为这样她本人以及她那未出生的孩子都将处于危险之中。我问她在这种情况下，我不会对她的手臂有什么不圣洁的想法。但是她仍然坚持。

毛拉一直努力处理船上的其他事务，后来他过来向她解释在特殊情况下，我可以对她进行治疗。他向她说明我是一个医生，所以看到她的前臂并没有关系。终于，她拉起了袖子，我放置了静脉输液管。但因为船只十分颠簸，我完全出于无意，无法控制地跌倒在她身上。这引起了所有看到这一幕的人一阵恐慌。

没有输液架，必须有人一直提着输液袋以保证那些救命的液体流入病人体内。输液后，毛拉的大女儿情况稳定了。但是这已接近了我能力的极限，我无法想象如果船上任何一个孕妇忽然临盆，后果会如何。没有任何设备，甚至没有足够的清水，如果那样的事情真的发生，只会以悲剧收场。

另外两个孕妇情况也不乐观，需要注射止呕剂，以缓解恶心，这是我特别预留给她们的。她们中的一个是祖孙三代之家的成员。祖母有六十多岁，我猜母亲有三十岁出头，怀孕的女儿只有十三四岁，因为呕吐和脱水，她们都已接近昏迷状态。

大约只有十个人没有发生持续性呕吐，我是其中之一。我想这仅仅是因为自己忙得没有时间晕船。有两个四十多岁的男子情况特别严重。一个已经昏迷，我当时的确以为他们俩，或者其中之一会在航行中死去。幸运的是，他们都活了下来。

毛拉对这场人间灾难的解决方式，是命令船上的人开始打碎他们的特巴哈——一小块儿来自卡巴拉的干硬土壤，这些土沾染了战死在那里的穆罕默德孙子侯赛因的血液。特巴哈平时是用来祈祷的，现在毛拉建议把它扔到大海中以祈求风平浪静。他的追随者按照指示做了，但是，翻腾的大海并没有平静半分。

在航行中，一个乘客四处通知："如果你带有护照，现在就该把它撕碎，扔到海里。对其他可以证明身份的文件也应该同样处理。"

没有人解释为什么要这么做。但是当传言扩散，大多数人，包括我本人，都照做了。我们的抗拒力很低，到了这时，我们中的大多数人只能按照指示行事。回想起来，那真不是一个明智之举，因为护照本来可以成为我们证明身份的有力证据。

处于那样的状况，我们当中没有人知道何时何地是这场噩梦的尽头。现在说起来可能匪夷所思，我当时最大的忧虑是怕我们完全失去方向，错过我们的目的地圣诞节岛，而直接驶向南极！

起程之前，我们被告知目的地是圣诞节岛，有三十到四十个小时的航程。后备计划是，虽然现在看来多么不切实际，假如我们三天之后仍然找不到海岛，就应该转向，把船驶向东方，寄希望于到达澳洲西岸。但是只有老天知道在哪儿！

有时，有人大喊"鲨鱼"！而且，不管你是否相信，虽然渔船上的人正饱受痛苦与灾难，但每个人却都伸长脖子努力想看看这条在船舷不远处游动的杀手。坦白地说，我认为他们如果真见到一些鱼鳍在水里划过，海豚的可能性远远大于鲨鱼。这当然也只能再次证明难民们几乎对海洋以及海洋生物一无所知。

此时，我们都已处于崩溃边缘。船上的气氛越来越糟，除了晕船之外，大多数的人都已经以扭曲的姿势坐了一天，他们的脾气越来越暴躁。争吵频繁暴发，大多发生在家庭成员之间。我们虽然努力保持乐观，但是根本不知道何时可以再次踏上陆地。我们已经失去信心，我们完全无法预知未来。

夜色漆黑，雨流如注，只有喧嚣的大海，吞噬着人们的哀号。人们好像一船已死或将死的鱼儿被抛弃在甲板上。

航行开始时，我以为天黑后可以依据星星的位置判定方位。可是事与愿违，我根本看不见任何东西，因为下雨，云完全遮住了天空，黑暗如同墨汁一般包裹着我们。没有任何光亮。

终于，黎明带来了新的一天，紧接着雨停了，风静了，海浪平息了。天气好转之后，船上也没有了以前的混乱。一天就这样慢慢过去，晚上七点左右，在大约三十六个小时的航行之后，我们看见了灯光。

在特殊情况下成为我们船长的伊拉克水手爬上了后甲板的顶篷，他第一个发现了光亮。到了这时，已经没有几个人可以清醒地看到灯光，而且因为不想唤起错误的希望，我们需要再三确定，排除仅仅是一艘过路船的灯光的可能性。

寂静无声中，我们几个依然清醒的人盯着那些灯光，以寻找一切蛛丝马迹。

灯光很远，也很稀疏，但是给了我们足够的希望。没有人愿意作出结论，因为，如果宣布我们靠近陆地，随后却发现是个错误，足以给船上的每一个人造成心理上毁灭性的打击。

大约二十分钟后，我们意识到前方除了确实是陆地之外没有其他可能。而且，可以确定的是，这还是一片有人居住的土地。这本身就是个奇迹，因为导航系统十分落后，绝大部分的航行都仅仅依靠一个伊拉克水手和两个印度尼西亚孩子。

意识到即将结束这场海上苦旅，大家松了一口气，对新的生活充满着向往。

尽管大约还有一个小时的航程，但是我们几乎可以闻到前方海湾的气息，我们甚至可以确定这就是圣诞节岛。

导航系统不再成为我们的问题，我们只需要向着灯光航行，事实上当我们靠近灯光时，导航系统就被扔进了海里。我只能相信这是为了防止当局确定我们来自哪里。

在距离陆地大约一海里的地方，渔船被澳洲联邦警察拦截。看起来像是一艘小型军用登陆艇，金属船身，头部方正。船上有三名军官，一个驾驶员。

警察的船开了过来，其中一人用扩音器喊："停下来！你们从哪儿来的？"

船上的一个人回答道："我们是寻求庇护者！"

我对自己说："我们成功了！"

能与联邦警察接触就意味着我们到达了目的地，我在心中为之欢呼。回想这段经历，我们真是十分幸运。毫不夸张地说，再在海上航行一天就会有人死亡。医疗用品早已用完，而食物也迅速耗尽了。乘客们很快就会因脱水和营养不良并发严重的疾病。

登船的联邦警察共有两男一女。他们惊骇于船上的状况。他们戴着手套但没戴口罩。气味腐败难闻，他们用手遮住口鼻，尽管如此努力地克制，仍然不停地干呕。

我把他们带去见朵拉，因为她是船上另外一个可以流利说英语的人。

联邦警察的第一个问题是："你们的导航系统在哪里？"当然，这时它早已安静地躺在海底，永远也没有人能找到。

导航系统不是唯一的受难者。我相信联邦警察一发现我们，就有人向引擎的油缸里倒了海水。这样我们就不可能再航行了。

很快，让寻求庇护者登陆的程序启动。警察给了我们很明确的指示："只能本人下船。不要携带任何物品。我们以后会把物品取下船发还给你们。"

我很幸运——第一批被带上联邦警察的驳船，到达圣诞节岛。在那儿我们踏上了一条木制的走道，摇摇晃晃地终于登上了陆地。而且，相信我，在三十六个小时的航行之后，当走上干燥的大地的第一步，让人兴奋得战栗。我的身体花了超过一个小时才逐步适应；好长的一段时间里，我仍然能感觉到在船上的颠簸，也注意到自己步履蹒跚。

我当时想："从现在开始所有的事都会变得美好而顺利。"

当时我们认为完成移民手续后，就会去悉尼或者柏斯。而现在回想起来，真是无知！

尽管运送难民的工作进行得十分高效，但速度依旧缓慢。联邦警察指示我们在通道的尽头处集中起来。他们设置了三脚架相机，要求我们排队按顺序拍照。之后我们每人都戴上手环，好像病人在医院手术前戴的那种，上面写有一个数字。

巴士运送我们去下一个目的地。一辆车坐满后，警察会开接驳船去接下一批乘客。他们重复运作，整个过程花了大约四个小时。

我们登陆后，我和朵拉留在了通道尽头为联邦警察翻译。最后，每一个人都下了船，我们上了最后一辆巴士。我记得在路上和朵拉闲聊，问了一些她本人的情况，但她脑子里想的完全是其他的事——在我们肮脏的渔船上完成这次航行之后，她一门心思急着去找一间环境多少好一些的厕所！

11. 圣诞节岛

Christmas Island

当天的目的地是圣诞节岛上的室内篮球场，距离岸边大约十分钟的车程，这是岛上唯一一座可以同时容纳一百六十人的建筑。

我们到达时已经接近半夜。局面十分混乱，每个人都想洗澡，但是只有男女各三间浴室。所以，在经历了三十六个小时的苦难行程之后，难民们又排了几个小时的队才洗上澡。

领取食物的队伍更长。工作人员以尽可能快的速度提供了食物——从当地外卖店订购的米饭和蜜糖鸡翅。虽然经常有难民船到达，但是那些餐馆发现仍然很难应付今天这么大的订单。另外一个问题是，正常情况下，伊拉克人不会把甜味和酸味混合，所以，虽然晚餐理论上应该很美味，对大家来说却是完全陌生的体验。我因为很饿，所以还是吃了，但是很多人没有吃。他们中的许多人实在是太累了，已经吃不下任何东西。

这里有死亡高速公路之称，从第一次海湾战争撤回的伊拉克士兵在此遭遇伏击。

科廷难民中心的早晨——帐篷里是我们被迫用以休息的担架床，仅有的物品只能被存放在塑料袋里。西澳沙漠里的生活枯燥而艰苦。© Ghassan Nakhoul

因为帐篷里面实在酷热难耐，睡在帐篷外面往往更加舒服些，多少有些新鲜空气。© Ghassan Nakhoul

科廷拘留中心不同区域以铁网围墙分隔，天黑之后受拘禁的难民们被关押在各自所属的区域内。© Ghassan Nakhoul

2008 年，我在悉尼大学紧张地等待着澳大利亚皇家外科学院考试的最后结果。

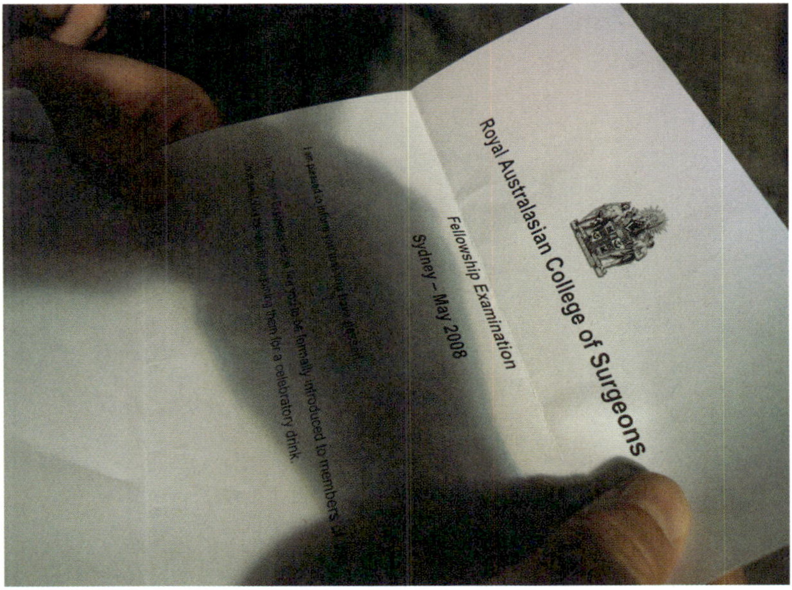

告知我成功通过澳大利亚皇家外科学院医生考试的通知信。

迈克尔·格兰特在接受过整合植入手术三年后，在悉尼麦考瑞公园内的健身房。

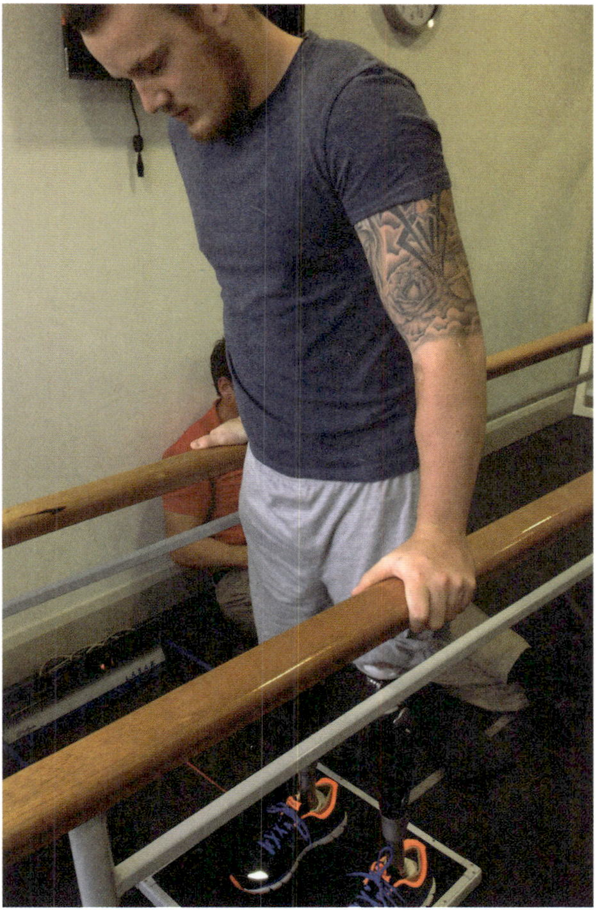

2014 年上半年，患者迈克尔·斯温在麦考瑞大学医院迈出了假肢手术后的第一步。

澳洲工程师，我和同事，以及悉尼的机械植入公司主管与欧洲的假肢制造公司进行视频会议。

类似于瑜伽垫子铺满了地板，地上还散乱地放着些装着来自救世军以及其他慈善机构衣物的大口袋。我们一到，联邦警察就开始向难民分发衣物，这样他们就可以换下那身从雅加达一路穿来的脏衣服。

我被裹在湿透的衬衫、牛仔裤和鞋里，浑身僵硬，但是我仍然拒绝接受那些慈善衣物。我觉得领取救济会降低我的身份，以前从没做过，所以现在也不打算这么做，我宁可继续穿自己的那套又脏又恶心的衣服。这是个很愚蠢的选择。不久，现实就形象地向我显示了家庭、姓氏、高贵的背景在现在的环境里都已毫无意义。我的态度很快就转变了。

吃饭洗浴之后，人们开始四处走动聊天。体育馆变得和室内集市一样嘈杂。

我和岛上的联邦警察局长谈话，告诉他我可以说英语，并且愿意提供翻译服务或其他任何我可以提供的帮助。朵拉也可以说流利的英语，愿意为妇女和儿童提供翻译。

在这之后，联邦警察清点了难民人数并登记了每一个人的名字。他们很快发现有一部分人保留了护照文件，而其他人，和我一样，在航行中把它扔进了大海。

因为在整个过程中做了翻译，我是最后几个被登记的，整个过程持续到第二天凌晨才结束。到最后阶段每个人都累坏了，男女也没有被分开，只是简单地在垫子上安置下来，闭上眼睛，睡上几天来的第一个好觉。

早晨醒来后，我们被带到篮球场后面的一个烧烤区。早餐是麦片、面包、果酱、茶、牛奶和糖。但是许多难民觉得难以下咽。

那个毛拉，代表船民找到我要求传话：“请感谢他们提供早餐，但是我们不吃这类东西。我们想要我们习惯的食物。”

我简直无法相信，我们是一群需要庇护的人，从印度尼西亚经历了痛苦的航行，刚刚被救起，就开始提要求。我才不打算传递这样的信息。

联邦警察从渔船上取下了我们的包，并且用标签注明了相应数字。不是每一个人都有随身行李；有一些人在航行中丢了包。脏衣服也被收走了。

白天，他们允许我们在篮球场后方的烧烤区活动。这里是个开放的空间，但是有围墙。从那儿我们可以看到海岸，再远一些，可以看到那艘载着我们从印尼驶来一路经历艰险的渔船在水面上晃动。官方甚至拒绝将它驶近岸边，认为它可能具有生物危害——这点我也认同。

与在航行中经历的狂风暴雨完全相反，这里晴朗湛蓝的天空如碧玉般澄澈，气候温暖宜人。这足以让我们安心地等待澳大利亚崭新的生活。

但是幻觉并没有持续多久，我很快意识到一切不会像自己想象的那么简单。

一个联邦警察走过来说了几句话，给了我这样的印象："享受这里的日子，因为当你们登上澳洲大陆时，拘留中心将不是一个理想的久留之地，但是你们并没有什么选择。"

警钟拉响了。

在圣诞节岛吃了第二顿晚餐之后，登记工作开始。工作中包括检查那些仍然持有护照的难民的证件。

我再次参与协助，因为无论是从伊拉克还是伊朗来的难民，仅有少数人可以读写。这对我而言真是长了见识，我之前还从来没有遇到过不能读写的人呢。

在登记过程中，工作人员仅仅需要很基本的信息，如出生年月、家乡以及国籍。但是即使这样，如果不识字，也会变得很困难。难民中很大一部分人来自边远的农村地区，一些难民只能在文件上按指印，因为他们不会签写自己的名字。

格外有趣的是，许多五六十岁的难民都拥有共同的生日——7 月 1 日。因为根据伊拉克法律，任何人如果不清楚他们的生日，政府都会登记为当年的 7 月 1 日。所以上一代成千上万的伊拉克人，依此条例把这一天作为自己的生日。

各种文件的登记花费了漫长的时间。根据踏上圣诞节岛的时间，人们排队长时间轮候。只有朵拉和我是翻译。

在第三天早晨，联邦警察在篮球馆内组织了一场室内足球赛。比赛很有趣而且进行得很"顺利"，直至一个难民足踝受伤，情形很严重，我给他打了绑带，但是仍然需要拍X光片检查。圣诞节岛上只有一个可以根据需要传呼前来的住院医生。他是个不错的小伙子，年轻，没有什么经验。他与我意见相同，所以我们一起去了医院，X光片证实了他的确踝部骨折，必须入院。

所有的手续都处理完之后，病人被妥善处理。这次骨折对这个难民而言是一件幸运的事，因为受伤，他被直接送往柏斯进行手术。他的兄弟住在柏斯，所以他到那里之后，申请庇护的手续进行得比我们要快许多。

那个住院医生后来带我参观了医院。这里有两间手术室，可以处理剖腹产和阑尾炎之类的急诊手术。年轻医生告诉我，他挺享受在岛上工作的这段时间。和他聊天后我有了些基本概念，如果我幸运地完成澳洲的医生资格认证，住院医师培训期可能被分配到许多更加糟糕的地方。他说在这儿工作收入不错，而且经历十分有趣。虽然他的描述充满诱惑，我却志不在此。

在参观完医院之后，我们在岛上转了转。关于圣诞节岛的描述是真实的，螃蟹真是无处不在。我们的车简直就是在螃蟹身上开着，将它们在车轮下碾碎。有五百万只到一千二百万只螃蟹生活在这座岛上，估计每年有五十万只螃蟹在迁徙季节被车辆轧死。

回到篮球馆之后，在这片即将成为我们新的家园的土地上，关于我的未来，这次是联邦警察提供了更多建议。他说我应该去塔斯马尼亚，并指着一个塔省同事肩上的伤疤说，这是他第二个脑袋被切除时留下的。我很清楚这实际上是锁骨手术留下的痕迹。在圣诞节岛上，即使是来自塔省这个“苹果岛”上的本国人也不得不努力适应。

这是一个值得纪念的下午。当夜晚即将来临，树影被暮色拉长时，我们再一次被带到了烧烤区。从铁丝网的围墙向外望去，靠近天边的地方，仍然可以看到那艘载着我们从印尼远航而来的渔船。

联邦警察告诉我们：“过来看，幸运的话，这象征着你们苦难的终结。”

我们全神贯注地观看，渔船被引爆。虽然它坚固得足以带领我们完成航行，却无法抵御炸药的威力，一瞬间，船只解体，碎片飞向天空。

这是值得纪念的时刻，因为这艘船象征着我们无法重返的过去。命运引导我们走向未来，虽然现在未来如何在很大程度上不再取决于我们。但是我相信绝大多数人对于生命新篇章的开启，都很兴奋。

摧毁了我们的渔船之后，联邦警察加入我们的行列打了场排球赛。这真是一次精彩、友好、轻松的活动。每一个人，不论是出色的还是不那么出色的球员，都参与其中。这是一个证明运动可以把各种背景的人们融合在一起的典型例子。

这些都是在圣诞节岛上舒适而令人欣慰的日子。如果我们知道下一章节的内容，我不确定我们是否会仍然渴望去澳洲大陆。

第二天清晨，我很早就被联邦警察叫醒。又有一艘寻求庇护的难民船抵达了圣诞节岛，他们需要翻译。我们乘坐几只小艇与难民会合。我所在的一艘船上只有另外一个男子，看着像印度尼西亚血统。当我们驶离联邦警察的小艇后，他语速很快地问我："你给家人打过电话吗？"

"没有，我没有机会，"我答道，"而且，我们未被允许使用电话。"

他把手伸进口袋，拿出一个卫星电话。

"打个电话给你母亲，"他说着就把电话塞给我，"告诉你母亲，你平安到达了澳大利亚，而且她有可能在一两年的时间里听不到你的消息。你会很安全，她不应该伤心。不过请不要告诉任何人我曾让你和母亲通话。"

我上一次和母亲通话是我们离开雅加达的前一夜，所以我并不需要任何更多的考虑，就拨通了电话。很幸运，她在家，而且接了电话。

母亲正处于极度焦虑的状态，因为她以为我已经死了。她听到我的声音后几乎不能相信我还活着。伊拉克方面播放了一则关于一艘难民船失踪的消息，并且被认定是在印度尼西亚到澳大利亚之间的水域沉没。母亲几乎已经说服了她自己，认定我正在那艘沉船上。

我向她解释，在未来她有可能有一段时间听不到我的消息，因为我会被送入拘留中心，那里不允许对外拨打电话。当然，我作了许多保证，说明我会安好，尽管在这种情况下，我说什么都显得那么苍白无力。

整个通话不超过九十秒，但是这是我打过的最重要的一个电话。

我永远不知如何向船上的那个男子表示足够的谢意。为了给我机会通知母亲我活着而且平安，他冒了很大的危险。如果他被当局发现做了什么手脚，很可能受到惩罚。我甚至并不知道他的名字，对他现在的状况也一无所知。我只能在此向他表示最深切的敬意。

刚刚到达的船只比我们的那艘小许多，船上的人数也相应地少许多。大多是儿童，一共不到四十人。有些讽刺的是，他们都是越南人，我可没办法帮他们翻译。

很明显他们经历的航行时间比起我们还要长许多。船上的每一个人情形都很糟。他们看上去疲惫不堪，营养不良。给我的印象是他们作了充分的准备，并且对海洋比起我们有更加深刻的认识。

我们完成了短期之内可能处理的事务，就回到了岛上，并向联邦警察作了汇报。他们之后开了驳船去接难民们。

我们已经知道，岛上只有很基本的设施，现在轮到越南人使用它们了。他们登陆后也和我们当初一样被收容进我们睡觉的篮球馆。为了隔离，联邦警察在两群难民之间拉了一根绳子，并且指示我们不要互相接触，以免传染疾病。但是，老实说，我们之间只隔了几米，除了精神安慰，这种隔离对防止威胁生命的疾病传播毫无作用。

第二天，飞机到达了圣诞节岛，载上我们开始了人生的下一站旅程。我们的命运很快就将进入一场明显的下旋程序。

12. 在科廷的日子

The Curtin comes down

登上驶离圣诞节岛的飞机是一个让人伤心的时刻。我对联邦警察对待我们的方式给予最高的评价——尊重、慷慨、富有幽默。他们完全可以堪称澳大利亚杰出的形象大使。

载着我们飞离圣诞节岛友好氛围的是一架四引擎商用飞机，大约可以载七十人。机上已经有六名从澳大利亚监管中心（ACM ）来的员工，这个商业机构运营澳洲大陆上的众多拘留中心。飞机上的警卫都是澳洲人，大多数是男性，有一两个女性。 他们看起来很强硬，穿着棕黄色的制服，衬衫、裤子、宽檐帽、很宽的皮带、佩戴着手铐，典型的军人装束。他们的内心和外表一样冷酷，与联邦警察是完全不同的两种人。我们很快发现他们不参与任何交谈，在整个过程中表现得十分生硬。

朵拉乘坐第一班飞机飞离，但是联邦警察决定让我留下作为翻译，在前三架飞机都飞离后才登机。当时我并没有意识到，延迟带给我某种意义上的不良后果，因为这让我在申请庇护的轮候中远远落在了队尾。

我离开时，联邦警察队长和我简短地交谈了几句："我希望一切顺利，但是记着，事情不会很容易。如果你被送往沙漠不要惊讶，只能咬紧牙关，耐心等待。"

这是个很适时的建议。之后面对拘留中心恶劣的状态以及所遭遇的种种歧视，我选择了忽视。

那位官员对未来的预计得到了证实，一切都变得艰难。将近中午时我们飞离圣诞节岛。在飞行的两个多小时里，完全谈不上舒适，我们在航行中甚至没有人问一问是否需要一杯水。我记得在下降时望向窗外，看见的仅有一望无际的沙漠。

我们下午降落在科廷空军基地。靠近西澳西北部的德比，这里将成为我们面对不确定的未来的家园。

飞机开始降落，在跑道上滑行了一段就抵达了停靠地点。引擎熄火后，飞机上的空调也停了。我们被留在越来越热的机舱里，在炎热的澳洲沙漠上等待指示，等待……等待……

我们几乎被扔在跑道上将近一个小时，所有人都汗流浃背。我们都安静地坐着，等待下一步的安排，气氛变得越来越让人烦躁不安。其中一两个人试图站起来，但是立即被警卫以一种攻击辱骂式的语气训斥。除了下达指示，警卫并不与我们交谈。

我很快意识到这将是一个灾难性的环境，我们将面临很严重的麻烦。

总算有一辆巴士开过跑道，停在飞机旁，而我们一个跟着一个地乘坐短途巴士从机场来到科廷拘留中心前门的检查站。走过“非工作人员不得入内”的牌子，进入由铁丝网圈围的院墙内。之后，在一座简易的移动房屋前排队，这里在当时被临时设为管理中心。

当巴士开进大门时，其他拘留人员前来迎接我们，大多数是以前来的中东人。他们围在巴士的两边，喊叫着，焦虑地询问他们那些也计划从印尼乘船进行危险之旅的朋友们的消息。

其中一些人带有警告地问道：“你们为什么来这里，这么糟糕的地方？”

从车里出来如同步入一个烤箱。炎热马上向我们袭来，更糟糕的是，似乎还有热气不断从沙漠地表反射上来。

一个守卫用一支长效记号笔，在我们的肩膀以及手腕处写上一个数字。这是洗不掉的，并将成为我们的新身份。从那时起直到我离开科廷，我只被当局以982相称，从来没有人用过我的真实姓名。从那时起我就成了一个数字，仅仅是一个数字而已。

在这之后，他们发给我们每人一张印有照片和个人代号数字的身份卡。

这是科廷许多不人道的地方之一。而且，我几乎可以确定他们是故意如此行事。我们与科廷工作人员的最初接触同样让人失望。

“回家去！”他们告诉我们，“如果你认为澳大利亚的土地上到处是牛奶和蜂蜜，那么再仔细考虑一下。”还有，“小心点儿，营地里到处是致命的蜘蛛和毒蛇，如果它们咬了你，你几分钟之后就死了，没救的。”

好吧，欢迎来到澳大利亚。

科廷难民中心大约在德比东南三十五公里的地方，从海德伦德港过来大约六个小时的车程，从柏斯过来则需要大约三十个小时的车程，被澳大利亚西北部的荒漠牢牢地包围着。

后来维多利亚州的难民行动委员会如此描述科廷：“是澳大利亚最污秽、最隐秘、最孤立、最野蛮的地方”。当时的移民部部长菲利浦·拉多克，曾经在2011年形容科廷是“最原始的”移民中心。他并没有说错。

科廷的主管——格瑞格·沃利斯并不喜欢我。我也不喜欢他，半点儿都不。后来当我开始采取行动指出难民们被禁锢在如此不人道的环境下时，我们之间的关系进一步恶化。

沃利斯人到中年，大约一米七五高，身材适中，金色短发。从外表上看，与其他普通人并没有什么不同。但他的态度真是让人恼火，而他的傲慢以及对难民的不屑与轻视是一以贯之。

沃利斯在移民局工作，主管科廷ACM的日常运作。他后来调任去了贝克斯特拘留中心。

许多表达了对科廷运作方式不满的人，发现自己被关进了单人禁闭室，这当然绝不是出于巧合。那个地方被称为“旅馆”，也有些人被带去德比警察局。柏斯的律师劳伦·利维，他后来代表我出庭，曾经引用 2001 年 3 月在《澳大利亚人报》上的一段话：“被拘居者被关进‘旅馆’，全因为他（沃利斯）的一时兴起”。

ACM 是一家私营的监禁公司。科廷大多数的工作人员看起来都来自生活艰难的社会底层。其中许多人完全没有受过教育，甚至有些人几乎不能读写，残暴对他们而言是固有习性。澳大利亚本土人中大多数态度亲和并且一般拥有较高职位。但不排除还有一些人，他们正像你在周六晚上酒吧和俱乐部门外所能找到的最粗鲁的守卫和保安。武力威胁是他们最重要的武器。他们不会别的，只精通威胁、暴力、惩戒。言语上的侮辱方式则是叫着数字代码，进行贬损性的评论。我们如同低级生物一样被对待，正如同动物面对人类的统治一样，没有丝毫的尊重。

拘留中心本身也并不怎么样。它只是用围墙圈起来的一片广阔荒芜的沙漠，围墙用绿色的遮阳布盖上，再拉上铁丝网。在里面，我们住宿区域呈长方形，房间为铁架军用帐篷，每一个帐篷中大约有二十张支架床。但是用来做屋顶和墙壁的帆布根本无法抵御暴风雨。而暴雨天气在地处热带的科廷十分常见。

拘留中心被分成不同的管辖区域，以类似军队的名称命名：阿尔法、布拉沃、查理、德尔它、依可、福克斯求特以及“旅馆”。我被分在德尔它区，大多数同船来的人住在阿尔法和查理。福克斯求特是管理区，而“旅馆”是惩戒部门。仅仅几个月时间，我就已经很习惯“旅馆”的“热情款待”，而在科廷的最后四十天时间，我也完全消磨在它贫乏的设施里。

每一个公共区域都有厕所和水龙头，但是我们没有任何容器可以用来装水。每一次你想要喝水，就必须去水池那边。

每天晚上，辖区会在七点被锁上。我记得，宵禁一直要持续到第二天早上七点。虽然你可以偶尔在自己住的区域内走动，但大多数被拘留者都会回到自己的帐篷里。我们常常会在半夜被警卫叫醒，他们用手电筒在我们脸上照射，以确认我们的身份。

我们的拘留中心经常充斥着相邻的澳洲皇家空军基地传来的轰鸣声。大约一周两次，皇家空军的直升战斗机升空降落，会从拘留中心上空呼啸而过。这是以另一种方式向我们表明，我们处于一个多么不受欢迎的境地。

我们到达后不久，一位妇女，她似乎是移民局高级官员，抵达科廷。她把所有的难民召集到福克斯求特管理区的空地上，用扩音器向我们传达信息。我记得，内容是说明我们位于科廷拘留中心，并且可以确定我们目前的状况不会发生显著变化。她使用充满仇视的语言：“你们并不受欢迎。澳洲人民并不希望你们出现在这里。你们的拘留期限不定，很可能是非常长的一段时间，而且并不能保证你们会被允许在这个国家合法居留。当然，如果你们决定回到家乡去，我们会提供必要的帮助。”

敌意如此明显。同时，我们也被很直接地告知不要试图逃跑："如果你们逃跑，这个地区到处都是蛇和咸水鳄，当然，你们更有可能死于饥饿和干渴，离这里最近的城市在两百公里之外，而你必定会在沙漠里迷路。"

她进一步向我们说明，逃跑者很快会被发现。因为当地人发现任何可疑人时都知道是从拘留中心逃跑的。

我们登上飞机时，行李已被收走。当我们到达科廷之后，它们被放在了储存室里。我们只被允许保留身上的衣服。牙刷、牙膏、毛巾和脚上的拖鞋都是他们分发给我们的。当然，我们也被告知，无论在什么样的情况下都不许遗失。

任何人在到达时身上带的现金都被收存在保险箱里。但是有一些难民成功地藏下一些钱，留在身边备用。

第一道正式手续是为提供身份文件拍照。为了这个，我们排了一阵子队。这项工作完成之后，我们就被放任自流，混入其他难民之中自生自灭。作为在这片陌生土地的一个异乡人，没有朋友，也没有任何人在意或者愿意提供帮助。这让你觉得不被接受，找不到归属感，你甚至会怀疑是否还存在做人的价值。

与在科廷中心的每一个人一样，我感到完完全全的迷失、孤立与无助。

我去找朵拉，因为我想知道她们一家那边的情况。我找到朵拉时，她们刚吃过饭。她的情绪很差，她们所在的查理营地和我住的德尔它营地相隔不远。

她带我看的第一个地方就是洗衣区。那里放着许多洗衣机和一筒 4.5 立升的洗衣剂。我裹上浴巾，就把衣服扔进了洗衣机。没有烘干机——在沙漠气候中你并不需要它们。我们只需要把衣服放在外面，或者干脆湿着穿上。不管采用哪种办法，几分钟后衣服就会风干。

厕所和浴室的情况更糟。这是我见过的，或者说也是以后见过的最差的状况，比起大多数初级的蹲式厕所还要糟糕。厕所和浴室设施本身并不是问题所在，问题是绝大多数的被拘留难民都来自伊拉克或者伊朗的边远地区，从来就没有见过这样的厕所，也并不知道如何正确地使用。大多数的难民并不是坐在这种西式厕所上如厕，而是蹲在上面继续采用他们惯用的风格。很明显，这导致了厕所里各种各样的可怕事件以及不卫生的状况。而且，这些抽水马桶经常被人们蹲在上面，所以经常损坏。发生了一系列的事故，其中有些十分严重。我记得在一次不幸的事故中，一位男子脚上划了很深的伤口，不得不紧急送到德比医院救治。

比这更糟的是，有一些难民根本就不用厕所。因为某种让人作呕的习惯，一个难民总是在浴室中排便。如果不能被水冲走，他会用一个塑料盒子装起来，并且把它放在淋浴头边上的窗框上。直到另一个难民洗澡时把其中一个盒子从它存放的地方碰下来，弄得浑身都是，才被人发现。不提别的，这些严重的卫生问题，让人恐惧得发抖。

只需要友好地向难民们介绍新的设施以及生活方式，这些状况完全可以轻而易举地避免。尽管难民们会发现这和他们原来习惯的有所不同，但我相信他们也会在短期内改变自已的行为方式。

在科廷的第一晚十分压抑，恶劣的环境让我战栗。事实上科廷可能会无限期地成为我们的居留地。至于我们的命运，从第一天开始，就已经看不到尽头。

甚至在我们刚刚安顿下来之后不久，就发生了一次暴乱，那是因为香烟。

虽然现在在澳大利亚大多情况下吸烟并不被认可，但我们船上绝大多数人都吸烟。我们船上的状况也就代表了其他难民群体的情况。这些人已经尼古丁成瘾。所以吸烟是难民们日常生活中十分重要的一环。

一开始，每个难民每天会分发到三支香烟。像我这样不吸烟的，会把我的那份和吸烟者或者看守交换其他物品，所以供应还算充足。但是很快，因为难民人数增加，需求和费用大幅增长，香烟分发停止了。而且因为没有货源，相互之间的交易也无法进行。

第一次骚乱很快就爆发了。大批的难民聚集在难民拘留中心门口，要求发放香烟。

我试图在抗议者和保安之间做翻译和调解者。但是并不十分成功。因为我的家庭背景来自一个名义上的逊尼派家庭，而大多的抗议者是什叶派。他们拒绝了我的参与。“我们从萨达姆那里逃出来，我们不想再要一个逊尼派的领导者！”他们朝我喊道。

这些人怀疑我站在拘留中心保安以及当局的一边。但很显然，我并不是。而且我也没有任何兴趣成为他们的领导者。在这种对立情绪激化的状态下，我连自保都不敢肯定。

管理者录下了整个事件，找出了他们认定的骚乱带头者并且把他们关在德比警察局几天。那一阵子一触即发的紧张气氛令人窒息。但至少惩戒起到了效果，事态逐渐平静下来。

这是我们最后一次见到免费的香烟。而难民们似乎也或多或少地意识到游戏结束了，香烟再也没有成为一个议题。

难民拘留中心的这次事件被称为“香烟暴动”，象征着一段不幸生活的开始。它给之后到来的其他事件设定了基调。

刚开始的时候，一整天的时间基本上无所事事，如同一架国际航班飞行了几个月，吃饭时间成了一天的重点。而与此同时，供应的食物简直就是一场噩梦。我们一日三餐每次都需要排一两个小时的队。部分原因可以简单地解释为要给这么多的人提供食物有一定的难度，但最主要的原因是吃饭时间被用来点名。我们排在队列中时，守卫会检查我们的名牌号码，再在名单上把名字画去。

供应的食物都很难吃。早餐，我们吃麦片、一小罐牛奶、两片面包、一小盒果酱和一小盒黄油。我们的晚饭和午餐基本上是既没有颜色也没有味道的肉碎加意大利面。午餐加一个苹果，晚餐加一个橘子。这两样水果的供给时间每天互换。

复活节，我们每人分到一个鸡蛋作为特殊款待。

在我看来，我们是难民拘留中心企业化管理的受害人。管理者花大多数的时间和精力来计算费用，努力把政府拨款与这个机构的花费之间的差额最大化。

我们到达后不久，就注意到有一些难民偷偷地带食物回帐篷。主要是面包片、果酱、黄油之类。这其实是愚蠢的行为，因为食物会引来蛇、蜥蜴、老鼠、蚂蚁，以及各种昆虫。

我在营地周围见过几条蛇，主要是天黑之后。我们处于沙漠之中，不管怎样，动物们显然把这片地区看成它们的领地。不久，一个被拘留的难民在他的帐篷里发现了一条蛇，并打死了它。这件事本身就够吓人了，但是还衍生了后期事件，打蛇事件导致了那个区域的难民骚动，守卫赶紧去作了调查。很快，谈话变得严肃且带有责备性。守卫告诉难民们被打死的那条蛇属于被保护物种。注意：非法杀死一条蛇可能是那个难民当时最不担心的一件事。我记得，事件没有带来什么严重的后果。却证明了一点，那就是我们如何的不受欢迎。

大多数人把时间花在闲逛上，或者干脆坐着，无所事事。每一天都冗长乏味，而又延伸到下一个同样冗长乏味的日子。而在这些时间里，我们都得和沙漠中的热浪、野生动物作斗争。当然，同时还得忍受警卫们的存在。

我呢，很长一段时间用于学习医学专著——《拉斯特解剖学》。但是，请相信我，我能够走在这样一条良性的学术道路上也是不断努力的结果。在到达科廷时，我把书留在了我的行李袋里，所以它们理所当然地被收走了。虽然很明显是本专业著作，但还是花了我许多时间才说服守卫把书还给我。

在不学习的时间，我为了排遣无聊，便开始使用可以找到的任何工具，雕刻各种水泥块造型来支撑帐篷柱子。当然，这显得很幼稚，但是我们几乎与世隔绝，没有电视、收音机、报纸、杂志以及电话，几乎没有什么其他可以做的事。

也有人找到了别的办法来打发每天的时间。

一号难民拘留者，被称为“行者”。他的名字叫阿米德，来自巴格达，是一名医生。他与其他难民不作任何接触，每天早晨起床后，就会沿着围栏步行一天。他走到允许的最远距离，然后再折回来。接着再一次走到围墙的尽头，再折回来，几乎天天如此。一路上，他会计算走过的步数。当然这也成为拘留中心日常生活中景观的一部分。当时，许多无知的难民把他当成笑话，还有许多人干脆认为他疯了。但显然他并没有疯，阿米德后来成了一位在悉尼受人尊重的妇科医生。

另外一个难民被称为“医生”。他有着虔诚的宗教信仰，而且很快获得了大批什叶派难民的尊敬。他的言论带有很强的权威性，被什叶派教众所支持。他甚至获得信任，在拘留中心对什叶派妇女们实行了几次常规检查。直到后来我们才知道，他根本不是医生……他是个兽医！

事实上，科廷拘留中心并没有指定的医生。中心诊所里唯一的医疗人员是轮班护士。当地的健康机构安排护士过来值班，但是仅仅是每天有限的几个小时。护士根本没有可能满足难民们的所有需求。难民中有许多人患有慢性病，而其余的人偶尔也会有个头痛脑热。因为诊所的排班制，每天来的护士都不同，她们常常因为缺乏交流衔接而导致整体性低效。更多时候她们看起来像是走个形式而不是认真花精力来照看我们。

举个例子就可以证明医疗设施有多么不足。在一次事故中，一个难民踢足球时受了伤。血从他的头上涌出来，他头上的一根动脉受损，需要马上进行治疗。他被送到了医疗中心，在那儿头上打了绷带，但是很明显并不能止血，因为很快血流就浸透了绷带。

因为情况紧急，当局把我叫来并且指示道："你是医生，尽你所能！"

我告诉他们我需要缝合针和缝合线。他们到处翻找了一阵子，才总算找到了一些。很幸运，我成功地止住了血并缝合了伤口，病人康复了。

我们感到中心管理人员努力剥夺所有我们拥有的东西，甚至包括我们的名字，致力于让我们自愿回到我们原来的国家。

在这样的情况下，逐渐形成了"我们和他们"之间对立的心理状态。管理层的行为结果完全事与愿违，这导致难民们更加固执，并充满创意地寻找资源进行抵抗。

他们不给我们提供任何资源，同样也不提供任何信息。部分原因，我认为是信息意味着权利，而他们试图给予我们尽可能少的权利。

在某一段时期，大约有一千两百个难民被关押在拘留中心，这比规定允许的最多人数还超出了一百人。其中绝大多数人，虽然可能拥有伊拉克祖先，现在却来自伊朗，他们忠诚于什叶派政权。因为受到迫害，在后来的两伊战争中，确实有成千上万的伊拉克人逃往伊朗，但是还有许多原本居住在伊朗的人，只是简单地假装来自伊拉克，因为他们认为这样有更多的机会被澳大利亚接受。我怀疑其中许多人是因为经济因素成为难民的。可是从伊拉克来的“117号”反而攻击我，质疑我是不是真正的难民。

许多难民因为周围的状况很快变得很抑郁。最糟的是，他们逐渐失去了自我、尊严以及希望。这些后果——我必须说是科廷的管理人员下意识的行为导致的。

而且根据记录，这些对科廷拘留中心的批评并不是吹毛求疵。观察和投诉都完全真实，而且在时间上也得到其他第三方评论的证实。在 2001 年，一个柯华德联邦政府的调查小组对 ACM 管理的两个中心作出了严厉的批评。主要的谴责来自下面几个方面：长期拘留地拥挤、员工培训不足、种族歧视、延迟难民申请受理，以及这些所导致的自杀、自残事件，对此类事件后期报告和分析不足，没有足够的设施收容儿童。

十年之后，人权委员会发布了另一份谴责科廷的报道，说明直到那时情况并没有什么太大的变化。调查重点关注了高自杀率以及自残率、缺少常规医疗设备、无法确定的拘留时限所带来的精神压力、长期拖延难民申请、缺乏交流沟通，导致难民们认为受到不公平的对待。委员会得出的结论是呼吁政府停止在像科廷这样的偏远地区收容难民。

到 2000 年 1 月下旬，难民们无法再忍受这样可怕的状况。相互间传播决议，计划绝食抗议。

我不清楚是谁发起的，但是看起来协调得很好。我相信其中一些参与者可能在伊朗住过，属于两个什叶派的宗教政治组织之一——伊斯兰最高委员会或者阿·德瓦。我的感觉是他们之前组织过类似事件。

当指令在营地传达之后，绝食抗议开始了。许多难民停留在他们居住的区域，拒绝去领食物的地方。我估计大约有三百人参与了绝食。

随后，十多个难民用针把自己的嘴唇缝起来，这样他们就可以确保控制住自己的行为。我非常反对缝合嘴唇的行为，因为这也是另一种形式的自残。

在绝食抗议期间科廷的气氛变得十分紧张。更多的守卫介入，他们都装备着警棍和手铐。设立了一个临时急诊治疗室用以治疗营养不良的病人。

事实上，这场绝食抗议半真半假。许多人，即使不是绝大多数抗议者，虽然不去领取食品，却吃了别人给他们带回来的食物，其实根本没有任何可能会挨饿。

不管怎样，因为不去领取食物，我们制造了营地管理上的混乱。还记得吗？吃饭时间警卫要检查我们的号码，以保证没有人逃跑。因为无法大批量地检查被拘留者，他们必须逐个去找每一个人。

我参加了抗议。并利用医学知识分散管理者的注意力。我站在医疗中心门外，通过换气过度以达到脱水的各种症状，看起来好像是因为严重断水断食而导致的。其他难民看到我这么做也加入进来。直到今天，我都不清楚科廷的医疗人员是否知道到底发生了什么。

这场抗议导致了医疗设施完全超负荷。从德比调来了更多的护士用以照看抗议者。我们被送进急诊室并且采用至少每四个小时一次的心电监测。最重要的是，这给整个营地带来了混乱。

绝食抗议的最主要目的，是改变已建立的程序，以及改变我们被迫接受的糟糕状况。绝食持续了一周多的时间。最后，拘留中心的管理层终于被迫予以重视。第一次，他们过来找我们并且开始展开谈判并询问我们的需求。

当紧张的局势缓解之后，管理层终于意识到被拘难民心怀不满，而我充当了对话者的角色。

他们决定成立一个可以代表拘留者的委员会。我记得成员有五人，包括我本人和朵拉。我们有和管理者对话的特权，但是按规定，只能讨论拘留中心的日常运作。他们不会回答任何与难民庇护审理相关的问题。

难民们提出的一个主要抗议是食物质量。所以，在绝食抗议之后，管理层允许朵拉的姨妈在厨房里做帮手，这样就可以准备一些别的食物，而我们不必被迫每天吃那种毫无味道的肉碎通心粉。很快，食物质量，以及拘留者的精神状态都改善了。朵拉的姨妈以前从未在厨房里工作过，但是在很短的时间内，她就成功地让厨房有效运转。

另一个主要的投诉是拘留者每天都必须忍受可怕而沉闷的生活。于是，委员会建议建立一所学校。这多少归功于管理人员，他们同意后我们马上着手设立教室。开始时大家在帐篷中学习，而后搬入了运来的简易式组合教室。

我们有三个教学目标——教授英语、教导正确的如厕习惯，以及教授在澳大利亚生活所需要的礼节。在教学中，我们从基本词汇开始，并且强调要注重礼节。比如说应该说“请问，我可不可以……”而不是“我要……”。

一切都朴实无华，我们仅有的设备只有一块白色书写板、笔、板擦、一些水溶性颜料，以及一些可以在上面涂抹的纸张。尽管设施简陋，而且营地中难民的水平不一，但我认为我们的成绩很不错。

来学习的难民人数很多。有一部分是真心来学习的；还有一部分，我想是为了消磨时光。但是，坦白说，即使我们做的仅仅是提供了娱乐，仍然是个进步。

管理人员又设置了一个小房间，里面大约放了三十把塑料椅子，这样我们就可以看录像了。在这之前，没有任何娱乐活动哪怕可以分散一点儿我们的注意力。直到后来，拘留中心里的气氛变得完全紧张甚至有害，而在紧张状态终于达到一定程度时，我们被允许把活动范围扩大到足球和排球。

到了后期，他们甚至允许我们通信。但是当我们询问为什么之前不被允许时，他们这样回答："没有人要求！"

回过头来总结，我认为绝食抗议实现了三个主要目标：

第一，造成足够的压力以改变科廷的日常生活状态。抗议毫无疑问地影响了管理人员固有的工作程序，并且带来了一定的改变。虽然我们在拘留中心的生活状况仍然很恶劣，但程度总算减轻了一些。基于此，我可以给绝食抗议一个及格分。

第二，就我们的困境而言，我们希望通过舆论和人权运动造成足够的社会影响力。实际上，自始至终并没有拘留中心之外的人关注到这件事，所以这个目的没有达到。

第三，试图加速我们人道庇护的申请。从这一点上说，我恐怕得说，是完全失败了。

绝食抗议的另外一个结果是从布里斯班调来了一个伊拉克裔翻

译员。他有五十来岁，高个子，微胖，胡子刮得干干净净，是一个很体面的人。他很沉稳，但在西澳的沙漠热浪中不停地出汗。他是个博士，也许之前已经退休或者半退休。他属于什叶派，但已经十分世俗化。

一开始，我们被告知，他只是负责翻译工作。但是，因为发现无法达成共识，他开始成为管理人员并协调拘禁难民之间的关系。许多难民认为他是告密者，但我可以确定他不是。

我理解他试图帮助管理人员理解难民们的文化和传统，与难民们沟通，并把他们的要求转达给管理人员。我相信他本意是好的，而且努力改善状况。但他在的这段时间，始终保持中立。他是激进难民们怨恨的对象，而且老实说，我也曾猜想他在管理层那里得到的评价到底有多高。

另外，还有一个伊拉克人来和我们谈话。他看上去也是五十来岁。据我所知，他拥有博士学位，而且在一定程度上，可以对联邦政府和移民部长提供建议。总体来说，难民们认为他根本不适合这个工作。他的宗教倾向很强，因为朵拉不遮头巾，他就对朵拉完全不理不睬。

从难民的角度来看，我们感到他试图操纵事态，而他到来之后，一些事情也的确发生了改变。比如说难民委员会成立时，一个虔诚的什叶派妇女戴着头巾加入进来。有传闻说她的家庭与他有私交。她曾经是伊拉克阿·迪瓦政治团体的活跃分子，十分好斗。在一次与拘留中心管理人员的会议上，她不停地称呼他们为“你们这些异教徒”，指责和嘲讽他们。翻译不得不告诉她，他无法传达这样具有煽动性的评论。

这个政府顾问很快坚持重新选举委员会成员，结果他塞进那个妇女当选。我和朵拉也入选。另一个代表，他的名字现在完全从我的记忆中消失了，我只记得是一个有宗教背景并且很受尊重的人。他似乎曾经在伊朗拥有一定的权力。用澳洲人的俚语来说，他是一个“好伙计”。但是最后一个委员会成员，我完全无法共处。他被称为赛义德，即“主人”。

那个人四十五六岁，高个子，深橄榄色的皮肤，窄窄的胡子，头发有些鬈。他的行为如同每一个大权在握的人。

关于他的传言有很多而且自相矛盾。有一些难民说他曾在巴士拉北部，奥马拉市萨达姆秘密警察局任职。也有传闻说，他告诉别人他事实上已叛变为伊朗人工作，渗透到伊拉克是为了暗杀行动，并且把自己描述成谋杀奥马拉市社会复兴党首脑的主要策划人。

赛义德看起来并不粗暴，但是安静得阴森可怕。他的言谈很有权威，那正是社会复兴党人在萨达姆当权时的语气。在拘留中心，他多次用恐吓来达到目的。我也完全被他吓坏了。而且，我对他总是充满怀疑。

不久之后，没有任何征兆，一位拘留中心的管理人员找到我，并告知：“做些准备，菲利浦·拉多克明天来科廷中心。这是你和他会谈的机会。”

这是一个很有价值的信息，因为一般情况下部长的到来是秘密的，而被拘留者是不会被告知的，我们根本不会意识到他会涉足这个地方。

我问给我提供信息的人，我们是否可以要求与移民部长会面。

“不行！”我被很直接地拒绝，“但是你可以发挥你的想象力，创造一个与他会面的机会。”

我接受了这个暗示并且很快决定促成会面的最佳途径是在福克斯求特管理中心门外组织一场大型的示威活动。

所以我通过朋友们传递了信息，指示第二天下午每个人都去管理中心门外集合。同时，应该用纸、永久性书写笔和水彩制造横幅以抗议对我们难民庇护申请审理的缓慢进度，以及拘留中心的恶劣环境。

第二天中午，同一个中心管理人员来通知我，拉多克已经抵达。

我发出信息，十分钟之内，超过一千名被拘禁的难民从各个营地走向福克斯求特，他们喊着口号、舞动着牌子，要求会见移民部部长。

一个 ACM 的领导从组装的屋子里出来，并质问谁提供了信息。我拒绝回答这个问题，并告诉他，直至见到部长，我们哪里都不去。那个领导进去了几分钟，出来转达了消息，只有委员会成员被允许进入。

委员会五个成员步入了组装屋。拉多克和我们分坐在桌子的两边。他没有和我们握手或者问好，如同阿拉斯加的冬天一样寒冷，并且很直截了当地问我们到底想要什么。

我们质问到底要在拘留中心待多久，以及我们的人道庇护申请什么时候开始受审。

他的回答完全按照老套路，说审理需要花多长时间就应该花多长时间，他没有足够的人手加快进度，但是他再次强调，如果我们想回我们来的地方，政府会提供帮助。

之后我问他为什么政府要花费大约一天一个人一百六十美元的雇用管理公司来看管我们，而不允许我们去干些有意义的事，比如，去农场里工作。

他的反应简单而直接："那永远都不会发生。"

我同时指出，拘留中心有许多儿童，并且已经有虐待儿童事件发生。我们问为什么他们不可以被送到社区的寄养家庭，这样至少他们可以上学并得到教育。

搜索我的记忆存储，我理解他的回答是："你们违反法律到达这里。如果我们释放了儿童，是对他们违反法律的行为实施奖励。"

我为此震惊。这表示对难民达成谅解与同情远远不如推进政治日程重要。

基本上，他传递的信息是："回去，我们会提供帮助。除此之外，你们将无限期地被拘禁。"

会面仅仅持续了十分钟，完全没有延长的必要。我们意识到在移民部长那里得不到任何帮助。他完全没有在短期之内释放任何人的打算，而我们将在拘留中心里待上很长一段时间。

我相信在这一次事件中，我被标记成制造麻烦者。毫无疑问，拘留中心管理人员没费太多力气就发现我是这次事件的主要推动者，而他们也决心让我为自己的行为付出代价。

在我到达科廷三个月之后，管理中心买进了内置空调的可拆卸板屋，被称作“旦格斯”。当这一举措被绝大多数难民接受时，我持有不同意见。因为坚固和舒适的居住环境意味着没有任何在短期内把我们迁出的打算。很明显，我们在科廷还要待上很长时间。

新增的设施让我们的日子舒服了许多。对蛇的担心基本解除，而且蚊子也少了许多。但是也有不好的一面，我们搬入组装板屋后，午夜的例行检查点名变得十分扰人。

住帐篷的时候，睡觉前你可以把身份牌放在床头。守卫会进来，用手电筒照照你的头，匆匆检查一下身份牌，没怎么打扰你就离开了。你对这个程序习惯后就几乎不会醒过来。

在“旦格斯”板屋里的午夜检查包括守卫大声地敲门，喊道“点查人数”以此来宣布他们的到来，而后直接闯入。屋里有一些孩子和妇女没有穿好衣服，而且因为他们的宗教信仰和文化习俗，如果这样被守卫们看到，会感到十分恐慌和羞耻。但是看守们可不会停下来，他们肆无忌惮地闯入，同时毫无歉意，难民们完全没有隐私可言。

此外，“旦格斯”屋里有地板，穆斯林们会跪在地上祷告。一部分是宗教原因，还有一部分因为卫生问题，他们小心翼翼地保持着地板的清洁。每个人都脱了鞋并把鞋留在屋外。但是看守们完全忽视这个风俗，穿着他们肮脏的靴子闯进“旦格斯”，把尘土和淤泥踩满地面，完全无视拘留者的文化风俗。

没有什么理由，看守不间断地调动大家的住处。我猜他们是努力把觉得会制造麻烦的人分隔开来，或者只是通过简单的移动组合，让难民们彼此之间不会变得太过熟悉而产生团伙帮派。这些都只是科廷生活中另一个让人沮丧的方面。

绝大多数难民们认为到达澳大利亚后就到达了理想国度，现实却完全相反。在拘留中心里，人们失去了所有的希望，他们每天都被羞辱，而且完全不清楚什么时候才是尽头。

13. 突破困境

The breakouts

很难向没有在科廷难民拘留中心待过的人解释当时的状况。对这段经历，可以大体感性地描述为：一个人在最可怕的噩梦中，虽然竭尽全力地呼救，却无人应答。于是他一次次地呼喊，结果都只是同样的，让人无可奈何地沉寂，完完全全没有任何回应……

这显然极端不人道。而且更糟糕的是，在拘留中心之外没有任何人在意。

想象一下当时一千两百个难民的处境，他们丧失了一个人最基本的权利——不再被以姓名称呼，而只以号码代替。仅仅因为稍微得罪了看守，就会遭受言语上的侮辱、肢体上的威胁与惩罚。我们没有隐私和权利，个人空间频繁地被侵犯。

我们感到每一天都在遭受嘲弄和忽视。我认为，这个国家的民主政治机器想要的只有一种结局，就是把我们送回我们来的地方。

尽管我们中的许多人都是真正的人道难民，可回国意味着面临酷刑甚至死亡。

在一些政客眼里，我们这些科廷难民们的生命是用来达到他们野心和前程的廉价手段。我们被政客描绘成外来威胁，不择手段的政客以此向轻信的选民展示他们的力量和英明。对这些无还手之力的难民的攻击正可以凸显他们保护国家荣誉和安全的形象。

几十年来，政客用这种诡计不断地欺骗大众，最明显的是乔治·布什发动的第二次海湾战争。在澳大利亚，则是霍华德政府用“偷渡者把儿童从船上丢进海里，以躲避海军巡逻艇”这样的虚假新闻误导民众以获取选民的支持率。问题是这类做法始终有效，所以政客还会不断用下去。

不管怎样，在科廷的最初几个月时间里，被拘留的难民与一小批看守以及拘留中心官员在日复一日的接触中建立了短暂的友情。一些工作人员开始意识到我们也同样是人，如同他们一样，在努力追求负责任而且有意义的人生。这些友好的工作人员多数是澳洲本地人，他们更加讲道理且容易接近。

在友谊的发展过程中，我们偶尔会讨论可怕的居住环境，虽然有一些看守总是欺负我们，但还是有一部分看守对我们的屈辱与无助表示同情。

在最初的一两个月内，因为对医学的共同兴趣，我认识了一个在营地医院定期轮值的男护士。在一次交谈中，这位护士建议，我们应该记录下发生在身边的这些触目惊心的事。我提议我们可以拍一些照片，这样就可以向人们展示情况有多糟。

这个主意马上引起了共鸣，这个护士提出他可以偷偷带一个相机进入营地。拍完照之后再混入随身携带的物品中带出去，并且把照片发给澳洲媒体。但有一个条件，在任何情况下他都不想被牵连。

几天后，他回来上班时给了我一架柯达一次成像照相机。白天我把它放在一个塑料的外卖盒中，总是随身携带。而晚上，我就把盒子埋在睡觉的营地边上。

侯赛因，那个在从约旦到吉隆坡的飞行途中相识并拉我入伙的朋友，以及另一个可以信任的同伴和我一起在营地里走动。当我偷偷地拍照时，他们帮我望风，以便不被看守以及其他难民发现，这至关重要。

我拍照的内容包括：帐篷屋、营地、吃饭的地方、难民们排队领取食物、供水系统、厕所。几乎所有可以拍照但又不被发现的地方，我都拍摄了下来。整个过程秘密地持续了两天。

那个护士第二周回来时，我把相机还给了他。一周之后他带回照片，我们坐在一起梳理这些照片，并添加了照片说明。

那个护士带走了照片，并把它们发送到全澳洲媒体：报纸、杂志、电视、广播。据他说，没有任何记者表现出兴趣。

到底是因为巧合还是其他的原因，是媒体都一致地认为我们并没有提供可以引起人们感兴趣的案例还是受到强制性的反对……这些我们永远不会知道。但是你应该记得，那时澳洲正在为悉尼奥运会作最后的准备。媒体和大多数民众，可能正在为国家感到十分骄傲，揭露国家负面形象的报道变得极其敏感。

让澳大利亚民众发现我们困境的希望很快化为泡影。

随着时间的推移，受拘难民明显变得越来越绝望。

在我们住进科廷几个月之后，有一两个难民，我相信他们来自印巴次大陆，翻过围墙向南边的主要公路逃跑。这并不是一个明智之举，他们为自由而投下的生命赌注很快耗尽。

很明显，逃跑者除了翻过围墙之外并没有作更多计划。逃出科廷难民中心后，他们见到了高速公路边上的第一个加油站，就进去打算用美元换一些食物和必需品。傻子也能分辨出他们既不是当地人也不是什么和善的旅客。除了是从拘留中心溜出来的，他们还会是从哪儿来的呢？

加油站的工作人员只打了一个电话，逃跑者就被带到当地警察局关了几天，之后被带上法庭判刑。他们的命运如何我并不清楚，我从此再也没见过他们。

整个逃跑事件是完全绝望的表现，根本没有成功的可能性，这反映出了难民们的天真与无知。

时光流逝，拘留中心的不良事情频繁发生，正常的价值观开始瓦解。举例而言，我就掌握发生娈童事件的确凿证据，这在以后的官方报告中被披露出来。

两个二十几岁的年轻男人开始与一个三十几岁带着一双儿女的难民交好。这五个人总是在一起。之前毫无征兆地，这位父亲突然提出指控，这两个年轻男子向他的孩子们展示色情文字内容并且性骚扰他们。

当他向拘留中心管理人员投诉时，我被选作那个父亲的翻译。事件的结果是那两个年轻男子被带离，我再也没有见过他们。

在营地里还发生过其他虐待儿童事件，但我有意回避，拒绝为这类事件做翻译，因为这些事件实在让人恶心。尽管我并不清楚其他细节，但是我相信每个人都可以想象，这些丑行发生在一个拘禁、封闭的社区里，简直是无法避免的。

被拘留的时间越来越长，人们也变得越来越焦躁。时不时地就有人打架，熟悉的面孔往往消失几天甚至几周。不用问，不久就会发现他们被关进了独立禁闭室或者德比警察局。

偷窃成为另外一个问题。因为难民们都光着脚走来走去，救世军慈善机构分发了衣服和球鞋。但是无法做到每人都发到鞋，所以这些难民就开始互相偷窃。我很幸运，从来没有被偷过。我们很清楚营地里可能发生的各种可能，往往需要加倍努力来保护我们贫乏的财产。

时间一天天过去，紧张不安、闷闷不乐的情绪在堆积，即使没有任何事情发生，困境也无从改变，人们变得越来越忧郁。

2000年5月是我人生的另一个转折点。当我以为事情不可能变得更糟时，更糟的情况却出现了。

到了这个阶段，在难民中已经发展出了明显的派别。紧张的关系是持续的。

在难民中有一个巴勒斯坦来的逊尼派，他一直被一些什叶派嘲弄。在他的房间外被人画上了一个戴维德和所罗门星，以讽刺他是以色列的同情者。

有一次，极端主义者阿沙德在营地中找到我，托我转告朵拉以及她的妹妹们遮上头。她们不是拘留中心里唯一不包头巾的女人，但是，很明显，她们被盯上了。我拒绝传递消息，并告诉阿沙德为他带话不是我的义务。

之后不久，我们被安排到拘留中心的另一边。所有的一千两百人被塞进一个营地关押起来。我们感觉出某种程序启动了。得出这样的结论后，我们的希望重新被点燃。至少，我们知道在尽头处还有光亮。难民们开始准备向官方提供陈述。

我们已经在科廷待了六个月，这是我第一次看到移民官员和拘留人员直接接触。

因为我们是以数字标记的，我知道轮到我需要很长时间。他们从1开始……而我是982。

官员们拿来了纸和笔，并且给难民们一两个小时，让他们写自己的故事。官方为那些不会读写的人安排了翻译。事情仍然无法顺利进行。大多数翻译是黎巴嫩人，所能理解的往往并不准确，主要原因是两地在口音和方言上存在很大区别。

我后来发现，第一张问卷都是些琐碎的问题，却是移民官决定是否展开审查的依据，仅以此来决定一个人的第二次生命，实在太过轻率。

澳洲政府对难民们从哪里来的一无所知。最后，只要是声称自己来自伊拉克的，就会得到签证，尽管我确信其中相当一部分人以前十分安稳地住在伊朗，成为难民完全是出于经济原因。

被移民官面试完的人被送回了主要营地。估计这样做的目的是防止他们把被问及的问题透露给其他仍在轮候的人。

因为我会说英语，几个难民找到我并且分享了他们的故事：他们如何被迫离开家园，如何沦落到此。故事起初让我十分感动，但很快，我发现其中一半的人都在重复同一个故事！

故事中，他们与阿亚图拉一起祷告，阿亚图拉和他的两个儿子随后被杀。事件发生于 1999 年 2 月，一颗据信是萨达姆特工埋下的炸弹，炸毁了他们乘坐的汽车，事发前阿亚图拉刚刚在库法，靠近纳吉夫的清真寺里结束一场布道。这次事件影响巨大，因为阿亚图拉穿着自己入葬的衣服来到清真寺，并且告诉他的追随者，他就要死了。

根据难民们的描述，因为曾经参加了那次圣会，他们不得不从伊拉克逃离以免遭到迫害。

好吧，那的确是一个很大的清真寺，碰巧的话，所有的人是有可能都在那儿的。但也许是我愤世嫉俗，更有可能的是爆炸发生的那天他们根本不在库法，只是练习好讲述这个故事以应付移民官。坦白地说，我甚至怀疑其中一些难民是否到过伊拉克。当我和他们聊天时，好几个人想知道伊拉克货币长什么样，而另外一些人甚至让我为他们画一张伊拉克地图。

时间一分一秒过去，朵拉和她的弟妹以及姨妈都被叫去面试。越来越多的人完成了这一程序，我以为就要轮到我了。但是很奇怪，我的号码没有被叫到。我等待着，以为他们的进展速度没有我想象的那样快。

整个过程大约持续了一到两周，最后，几乎所有的人都转去了主要营区。很明显，审理程序结束了。直到这时我才意识到我根本是被遗漏下来了。我不是被留到最后审理而是被有意留在审核程序之外。

这个发现让我惊恐万分，成为我在科廷最糟糕的经历之一。当几乎所有人都怀着被澳大利亚接受的希望时，我将被留在拘留中心以示惩罚。在这之后，未来变得更加不明确。但是，答案似乎很明显，在澳洲政府以及科廷官员并不允许我长期留在澳大利亚。

然而不知为何，这个结果，并没有让我感到太大的意外。仅仅凭借直觉，我有一种很奇怪的预感，当权者或早或晚会为我预留下一个不太完美的“惊喜”。

只有几个没有被面试的难民，当局完全没有作出任何解释。这就好像看着流沙计时器里的沙子一点一点地漏下，而最后才发现自己是最后几粒被剩下的，卡在那里哪儿也去不了。很多时候，公正并不存在。

我去找了官员，问他们为什么我没有被面试审理。他们没有提供任何信息，只是简单地回答说他们也不清楚原因。在他们看来这已经是一个足够好的答案了。

现实是，如果我的申请没能被审理，那么我就不可能被这个国家接受。被认可接受当然好，但即使是申请被拒，我仍有机会通过法律手段提出上诉。

可是现在申请仍然没有被受理，结果是：我并不存在，我不是一个人，而仍然只是一个数字——982。这就有可能带来一种结局：我只是被留在拘留中心，身体慢慢变得脆弱，直至腐烂，或者某一天终于放弃，回到我来的地方。

对于那些被审理并且转移到主要营区的人们，日子稍有改善，有些限制放松了。两个固定电话被安置到管理中心，被拘留的人们被允许拨打电话。

一些条例被启动，难民们被允许做一些工作并获得收入。举例来说，你可以通过打扫厕所赚取五美元。这样你就可以付钱打电话、买香烟和糖果。这些进步让不少在拘留中心生活的人日子好过了许多。

与此同时，政府允许被拘留者使用他们带来的钱。难民登记注册后，他们慢慢开始被认可，并享受一些基本人权。

但是对我而言，并没有什么改变。我仍然留在待审的营地，除了我之外还有另外几个被拘留者，完全如同弃物。他们有伊拉克背景，但是在科威特出生长大，在那儿他们的父母有合法居留权。当科威特解放后，他们这样的家庭都被驱逐出境成为无国籍者。没有人清楚该拿他们怎么办。

与此同时，我仍然不被允许打电话，因为我的申请仍然没有受审。而移民局来的官员们已经走了，所以短期之内这个事实不可能改变。

这是一种十分奇怪的状态。我是难民代表委员会的成员，按条例是管理电话的人，我本人却被禁止打电话。当然，这并不能阻止我。事实上，我在难民中第一个使用了这些新装上的电话。

安装电话的区域是混乱的。看守们被告知需要检查每一个想打电话的人的名字。只有两部电话，人们要排一整天的队才能轮到使用。我请求一个有同情心的看守帮忙，在第一天晚上六点半左右，他开始工作时，悄悄地把我从一个保安门放了进来。

我打的第一个电话是给我在墨尔本的堂兄山姆。他于当年年初从新西兰来到澳大利亚，成为一个合法移民，在一家石油天然气公司做物理学顾问。我请他帮我在澳大利亚找一个移民代理。坦白地说，这是一次十分有趣，又十分让人失望的交谈。听了我的遭遇之后，他说："新闻报道对你们十分不利。我不清楚你们是否有机会留下，你有可能必须回伊拉克去。我不确定我可以帮你做什么。"

这可完全不是我想听的！他可能因为我是偷渡者而感到沮丧。他觉得我犯了法，而他很在意这些。我相信他同时也在担心我向他要钱，虽然这完全不是我的本意。

随后我打电话给我的母亲。上次我们简短匆忙的通话还是在六个月之前驶离圣诞节岛的联邦警察的驳船上。我告诉她在我这里发生的事以及我急需要一个移民代理把我的案件提交给相关部门。

当她听到我的声音时十分兴奋，并且坚持要我放心。母亲一直是十分乐观的人。

"不要担心，"她告诉我，"把这些问题交给我，我来处理。"

我第二天再打电话时，她告诉我叔叔阿米德和一个叫穆罕默德·阿·贾比里的悉尼移民代理取得了联系。他已经同意受理我的案件，而且她已经支付了订金让他开始工作。

阿·贾比里博士的能力让他显得魅力十足。他与萨达姆的前任——阿莫德·哈桑阿巴卡总统关系密切，这让他当时在党内的地位很高。他曾经在联合国出任伊拉克高级外交官，出任过加拿大、黎巴嫩以及朝鲜等国的高级外交职务，后来还出任过伊拉克驻西班牙大使。他在萨达姆掌权后不久就被召回，没有经过任何审判就被投进监狱。在声名狼藉的阿布·格莱布监狱受尽折磨。几年后被释放，他逃到了澳大利亚，在这里他成为伊拉克社团领袖以及人权倡导者。

我自然很开心他来帮助我。但是唯一的问题是，他要与我见面谈话之后，才能开始工作。

阿·贾比里博士和移民局联系，并且告诉他们他是我的移民代理，他给了他们我的拘留号，要求与我会面。

这在拘留中心里引起了很大的躁动。看守把我叫过去，训问我如何与阿·贾比里博士取得的联系，我无可奉告。

终于，事情有了进展。

阿·贾比里博士发给我一份传真，我签了字，确定授权他成为我的移民代理。之后，我寄给他一份手写的经历。他找人打印，我在传真件上签了字，案件正式提交给了移民局。其他的难民几周之前也是如此。

虽然过程艰辛，但现在我终于和拘留中心里的其他人一样有了同等待遇。

在我和母亲通话之后一周，移民局的案件审查官员来到了拘留中心面试并听取了我的陈述。会谈持续了大约一个小时，涉及的方面你应该可以猜到：为什么离开伊拉克，如何到的澳洲……但是他并没有提及关于巴格达的任何问题，也没有核查我是否真的是伊拉克人，这让我觉得有点儿奇怪。

面谈用阿拉伯语进行，一个黎巴嫩妇女做翻译。现场还进行了录音，以便事后检查其准确性。我显然可以听懂这些问题，而翻译也很清楚这一点。有趣的是，有些牵扯到阿拉伯语的翻译对她来说有些困难，她每次意识到自己无法翻译精确时都忍不住笑起来。

面谈很快就结束了，我第一次可以合法地打电话了。

之后不久的一天晚上，拘留中心变得很不平静。我相信这是安装了这两条电话线路后造成的直接后果。在长期被监禁之后，人们终于可以和外界交流，包括在柏斯的亲友。而顺着这条藤蔓，他们发现其他去了乌马阿和海德兰德港的难民申请早已被审查批准。很明显，其他拘留中心都有了进展，我们这儿却慢了许多。受拘者不知如何是好，并且担心他们有可能会再在科廷待上九个月甚至一年，才能知道他们难民申请的结果。

我的看法却不同。事实上，自从谨慎的审理过程启动后，我就松了一口气。我只盼望着我的申请被审核并且早日得到结论。

我在 6 月 8 日晚上打了个电话给阿·贾比里博士，在交谈中涉及了科廷的气氛，只是提到大家觉得不安，这就是全部了。

当我第二天醒来时，发现四周围墙的铁丝被切断了，几百个难民聚集在大门口，要求被释放。从其他受拘留者的交谈中，我相信领导这次事件的难民们从厨房里偷了一些利器，并且切断了围墙的铁网。

当时的气氛十分紧张，政府从布里斯班请来的翻译用扩音器与难民们对话，希望缓解事态。翻译强调政府正在处理他们的申请，而且当局也正竭尽所能来加快进度。他试图说服难民们要做的只是等待。他说："只要再等几星期，事态就会好转！"

显然，这并没能说服任何人。他们有过被当成罪犯对待的亲身经历。如果你曾被羞辱，没有姓名，只有一个数字代号，你很快就会感到自己只是被当成了地球上的糟粕。

一点儿也不出乎意料，这群肇事难民并没有听传译员的话。在这样的情况下，混乱的人群往往会促使这混乱升级。于是，他们很快冲出了围墙。

很明显，当天参与的难民数量很多，我估计大约有一百五十人冲出了科廷。所以看守们采取了与平常不同的措施——他们只是旁观。这一次，他们甚至没有采取任何行动去阻止逃跑的难民。

第一群人从拘留中心营地跑了出去，以为会被阻止。但是当他们发现看守们无动于衷之后，就放慢了脚步。

翻译沮丧极了，因为他的建议完全被忽视，于是他开始大喊："你们全是傻瓜！你们会后悔的！"

因为我知道事情后果严重，所以我确保自己待在营区，并且让看守可以看到我。这样，我以为就没有任何被怀疑的可能。

我站在主要营区靠近厕所的地方，待在一个很显眼的安全区域，看着那些难民走出去。但奇怪的是，我冥冥中感觉到有十分糟糕的事情就要发生：他们很可能撤销或延迟我们的签证申请。

科廷不是唯一发生暴乱的拘留中心，虽然当时我们并不知情。在同一天，大约有一千三百人从乌马阿、哈德兰德港、科廷拘留中心逃跑，局势开始变得十分紧张。

我并不清楚这些暴动是如何被如此周密计划的，但我怀疑来自柏斯。

老实说，这一行动完全无用，对难民们没有任何好处。警察在离拘留中心大约十公里的地方设立了路障，收押逃跑者，再把他们一起带回科廷。他们被直接送到独立禁闭室。一小部分人因为涉及使用暴力而被捕，幕后指挥的嫌疑人也被关进了监狱。

在暴动发生几天之后，事态变得明显对我不利。一个难民敲开我的门，警告我最好加倍小心，因为另外一个难民开始传言我是整个事件的幕后推手。散布谣言的那个家伙是个危险分子，并且和我曾经有过过节。他在伊朗有三个妻子，在营地电话接通之后，就想要霸占电话，以便打给他所有的妻子。我阻止了他，因为其他人也需要用电话，他们也享有平等的权利。我还知道他与另一个极端什叶派，那个我在船上救治过的士兵一起策划了这件事。

和所有的谣言一样，人们根本无法制止它们的传播，很快谣言就传遍了整个营地。

之后，另外一个难民吃饭时找到我，告诉我有五个人打算签一个协议，声明是我组织的暴乱，他们希望以后可以加速他们的签证审批。

我可以看到整个事件在我面前展开，却无能为力。我几乎不可能证明自己是无辜的。这样的谣言依旧在传播着。

一两天之后，大约下午六点半，不可避免的事情发生了。我从浴室出来时，一个看守告诉我："我们需要你到办公室来一趟。"

我穿上衣服跟着他们到了主营区。我被带到一个我从没有见过的房间，有一张桌子和一把空着的椅子。有两个陌生人坐在另外一边。 他们穿着便装，这意味着他们来自拘留中心之外。他们面前有一个录音机、记事本和笔。他们和我握手之后，我们坐了下来。

其中一个官员自我介绍说他来自联邦警察局，另外一个来自澳大利亚海关。他们说要问我一些关于暴乱的问题。

联邦警察的官员是主要提问者。他开始提问时录音就开始了，"你如何认识阿·贾比里博士的？"

我解释说他是我的移民代理。

他继续问："在暴乱发生前一晚，你打了一个电话给阿·贾比里博士？"

我回答说我打过。

"你说了些什么？他是否煽动你发起暴动？"

我加重语气回答道："没有！"。

同样的提问反复出现在谈话中，而我也反复告诉他我们根本就没有讨论过发动什么暴乱。于是，海关官员关了录音机说："好了，让我们坦诚一点儿吧，他到底有没有告诉你发动暴乱？"

我用两个问题回答了他："你们到底想从我这里得到什么？今晚我睡在自己宿舍里的概率有多大？"

他的反应很冰冷："这取决于你告诉我们什么。"

我加重语气回答了这个官员："我与此事完全无关。我们根本没有讨论暴乱的事儿。阿·贾比里博士是我的移民代理，我们只是讨论了我的难民申请。我们的确聊到拘留中心里的气氛，但是仅此而已。"

整个面谈过程中，联邦警察和海关官员都力图让我承认，阿·贾比里博士是事件主谋而我受其操控。这简直是无稽之谈。

最后，联邦警察失去了耐心，告诉我说："好吧，我必须逮捕你。你被控鼓动难民逃离拘留中心。现在你跟我们走。"

他问我是否需要带上什么。我要了我的医学书并说我想和朵拉说几句话。两个要求中，我得到一个，他同意我带上书，但是坚持不让我和朵拉以及其他任何人交谈。

书一拿到，他们就带我走了。联邦警察说："你看起来足够聪明，应该不会逃跑。我不需要给你戴上手铐，是吧？"我点了点头表示认同。

我走进他们的车，开往德比警察局。这次，我得到了全套"服务"：取指纹、拍照……之后在监狱里度过了一夜。

第二天一早，我被后部带有笼子的面包警车送往大约二百二十公里之外的鲁姆法庭。很明显，我现在被当作一个罪犯而非一个难民对待了。

我第一次出庭很"正式"，没有辩护律师。那个联邦警察在场，我被告知可以请一个法律代表。

我被收监，在听证会之后，直接被送到监狱里——鲁姆监狱——最高等级监禁区。

从这天开始，我的整个人生改变了。

14. 转折关头

The turning point

我要正视现状：被指控煽动科廷拘留中心暴乱，关押在鲁姆监狱的最高警戒区，我应该算是跌入了人生的谷底，想要翻身十分困难。

居住的环境是一间小牢房，里面有四张床、一个厕所，因为每天都是和重刑犯一起度过的，当然会有一些声名狼藉的同伴。同牢房的狱友中，一个是土著原住民，被判谋杀；另外一个是亚洲背景，涉嫌贩毒。

轮到我出庭时，在等候区的同伴也不是善类，在那儿的两个人犯了虐童罪。

但是，就算是列举出所有这些问题，从我步入鲁姆监狱时起就发现情况有了变化——这里并不比科廷的状况糟。

从一开始，我就被以我的名字——芒贾德·马德瑞斯相称。直至今天，我仍然记得再一次听到自己的名字，而不是拘留号 982，所感到的欣喜。982 可是我过去七个月来的唯一身份。

首次出庭只是一次简短的初审，休庭等候期我回到监室。我被允许使用一些设施并且受到一定程度的尊重。这是自从到达圣诞节岛后几个月来没有经历过的，一台电视、一部电话还有一个台球桌，除此之外，他们还付给我每天十三美元的津贴。而食物方面，在吃过科廷的垃圾餐后，不可能找到更难吃的了。

别误解我，这里仍然有许多挑战。当法庭通知我可以找一个法律代表时，由于我不是澳洲公民，法律辅助中心的人并不认为我具备条件。和往常一样，我找母亲帮忙。与在科廷的情况不同，这里可以打电话，我通话的开场白是："嘿，妈妈！猜不到吧，我在监狱里。不仅如此，还是最高级别的警戒区！"

不出意料，母亲被这次变故惊呆了。她一定在想我为什么总是干劲十足地从一个灾难冲向另一个灾难。这是在我记忆中第一次她保持了沉默。幸运的是，我可以让她放心，现在的状态比在拘留中心里好多了。而且，虽然我必须穿绿色的囚服，但至少我可以把脏衣服放到洗衣房，然后直接拿一套新的。

我又打了电话给阿·贾比里博士，告诉他发生了什么以及最新进展。他一如既往地支持我。

监狱的看守比起拘留中心的笨蛋们来说可要强多了。至少这些人很专业，受过正规训练，知道自己的职责范围，而且肯和我们交谈。

有一次，我问他们为什么我被关在最高级别警戒区。他们解释说因为鲁姆监狱大多数的设施是低级警戒，监狱服刑人员可以来报到后就离开。但是因为我是一个拘留犯，没有办法这样做。所以他们别无选择地把我放进最高级别警戒区。

在鲁姆，我第一次有了戴手铐的经历。在科廷被捕时，我谢绝了戴手铐的机会。但是这一次没什么可商量的，每天当我和狱友们一起去吃饭时，我们必须被押解到监狱中心区域的餐厅。从最高级别警戒区到监狱的其他区域必须穿过一片空地。所以，我们三个需要用手铐铐在一起往返餐厅。这几乎是最高级别监禁唯一让我感到不适的地方。

当然，我也不能选择与什么人同处一室，但是他们十分有趣，而且大多数情况下比难民们更容易相处。我的一个狱友，被控贩毒，他不太喜欢说话，我也并不介意。我的另外一个同伴，是个杀人犯，我之后和他混得很熟。他去警察局自首，承认杀人，正在等待定罪宣判。我教他下象棋，我们经常一起下棋聊天。慢慢地，我了解到他对所干的事全无悔意，因为他坚信他杀死的那个男人强奸了他的女儿。他和我聊到土著文化。我呢，也回答了他关于伊斯兰和阿拉伯文化的问题。我们经常作很深入的讨论，而他，在我看来是一个很平和的人。

在我入住后不久，另外十六个难民也被关了进来。他们是在暴乱中带头制造混乱的人，当然也被关押在最高级别警戒区，现在这个地方关满了难民。

他们是科廷最具暴力的人，我对他们的入住感到不安。让人高兴的是，事态却慢慢平静下来。从科廷来的其他难民发现环境比之前好了很多，和我一样兴奋。而且他们充分利用了这些设施，他们中的大多数人把醒着的时间花在了打台球上。所以即使是暴力型的难民在这样的监狱里似乎也比以前平静了许多，这再一次证明了科廷的环境多么容易让人变得紧张暴躁。

几天之后，我们由一辆大卡车向南八百三十公里押运到卡拉沙监狱。卡车内没有什么设施——几扇小窗以及正中间的一个厕所。我们只能在其他人的注视下如厕。更糟的是，车厢如同一个烘箱。我们都不停地冒汗。这么多人在一个封闭的空间里汗流浃背，这可不是什么美好的经历。

旅途似乎没有尽头。我们一大清早离开，大约十二个小时后才到达卡拉沙，一路上的经历恐怖极了。

我们从鲁姆转至卡拉沙的原因与我们监狱生活的舒适度以及安全毫无关系。很简单，在我和其他难民等待起诉这段时间，鲁姆监狱没有能力长期关押这么多人。与之相比，卡拉沙是一间规模大许多的监狱，有更多的中等级别的监禁牢房。

我们还有了单人牢房——真是奢侈！卡拉沙的设施也更加完善。举例来说，这里有一个足球场，所以我们可以在空闲的时间里踢球。

而且我们在任何时候都可以去洗澡。

对我而言，更重要的是这里还有一间图书馆。我马上去了图书馆，看看有些什么书，虽然大多数时间我仍然阅读我的那本《拉斯特解剖学》。这里唯一的问题是不允许上网，但是这一问题也并没有存在太久。

卡拉沙监狱里有个囚犯在他的牢房里有一台电脑和一台电视，据说他是因为打人坐了牢，但是他对信息技术十分在行。不管怎样，他很同情我的遭遇，于是积极帮助我。

在卡拉沙监狱的时间很容易打发。除了读书，剩余的大部分时间我和电脑专家一起度过。他很愿意帮助我，因为这同时也让他的监狱时光变得有些意义。

我写信给新闻机构——《澳洲人报》《时代周刊》……所有我可以找到的新闻分支机构——报道拘留中心的状况。而且，我第一次发现，他们非常关注我们的不幸。这次大型暴乱引起了他们的注意，即使媒体没有，一些国际组织已经有所关注了。

在监狱里寄出的这些信对我的未来产生了巨大的影响。这不仅仅因为这或多或少地让公众意识到了科廷的恶劣状况，而且也被我的律师用作法律诉讼的背景材料。

关押在卡拉沙的时间里，我学习、写信、踢球、偶尔看看电视。而有些时候，我只是静静地观察监狱周围许许多多的袋鼠。

环境可以说是舒适的！食物很不错，这里为囚犯中虔诚的穆斯林提供清真食品。管理者十分了解并体恤我们的文化风俗。囚室整洁，有一张单人床，以及专用厕所。虽没有桌椅，不过我可以坐在床上，而且床单很干净。

但是，我的前景中存在着非常多的不确定性。我并不知道我的冒险故事会有怎样的结局。事实上，我完全不确定是否会有辩护律师出现，我的未来很可能是在澳大利亚监狱里服刑之后，被遣返伊拉克。

不言而喻，我是无辜的，除了起初非法到达澳洲之外，自己并没有犯罪。但是这并不意味着我会被判无罪。

另一个问题是，他们并没有向我解释我到底犯了什么罪，当然也没有提供那些所谓的对我不利的证据。我仅仅听说四五个人写了书面证词诬陷是我是暴乱的始作俑者。整个指控十分荒唐，抛开其他不谈，我根本不认识甚至没见过其中的两三个指控者，更谈不上如何指使他们，或者说服他们剪断科廷的围墙铁丝网。

在卡拉沙监狱的一周左右的时间很有收获，但是这段美好的时光以我被送回鲁姆而告终，回程同样令人难以忍受。

回到鲁姆监狱后，克里斯·斯德提来了，他是澳洲人权委员会主席。

在会面时，他强调联邦政府以及移民局正在努力证明他们的政治观点，而难民夹在中间两头受难。仅仅是这个消息，就让人稍感心安。更让人心安的是，我相信他正在努力搜集证据以使科廷拘留中心的具体情况大白于天下。

在克里斯之后，我的法律代表洛瑞·莱威来了。我与他交谈了大约一个小时，并且提供了我在卡拉沙监狱书写的背景资料。他更加注重法律方面的因素，说案例对我来说并不十分有利，主要是看证人们的证词。

所以，尽管我无罪，但是我的命运完全取决于陪审团是否仁慈，以及呈堂证据是否真实。

当时我并不知道，主审我案件的地方法官是一个十分有趣的人。他的名字叫安托万·布鲁门，1941 年出生于比利时。从事海运并在世界各地航行，之后在美国入伍成为一名伞兵。故事继续发展下去，他和他的妻子来访西澳，妻子说服他在这里安了家。布鲁门于是在西澳大学学习了法律，事业一帆风顺，成为西澳北部的卡布里以及比巴阿地区的法官。他对法律系统有着不太传统的观点，并且采取了一系列新的条例让土著居民更加容易使用法律。2008 年退休之后，他成为非营利组织——卡布里中心的顾问官。这个组织主要致力于为该地区居民提供更好的生活。

布鲁门对我的案件处理依旧一意孤行。

洛瑞无偿代理了我的案件。他在周四晚到达，准备第二天早上九点出庭，并且要求延期审理。他的角色是起始律师，为最终代表我的出庭律师罗伯特·里希特作准备。墨尔本的出庭律师——罗伯特·里希特——已经打了电话要求延期，理由是为辩护提供的准备时间不够充分。洛瑞同时研究这个案件，在我出庭听取地方法官审理意见之前做大量准备工作。他向他的妻子保证会在周末回到柏斯的家中。

但是，事情并没有按照计划进行。

地方法官在周五下午四点结束了他计划中其他案件的审理。虽然可以延迟审理此案，推迟至下周一上午，法官却宣布他将在当天下午五点开庭。这可愁坏了许多人，因为大家都还在忙着申请延期审理。还好，布鲁门后来同意延期听证，但只延期至周日！

和与案件有关的所有人一样，洛瑞对此毫无准备。本来他是初始律师，而现在直接升级为我唯一的辩护律师。

案件裁决只剩下最后两天。

我戴着手铐出庭，罪名是发动暴乱。按照法律程序，控方先提供证据。而让我高兴和激动的是，没过多久，对我不利的证据就开始动摇。

前两个证人，本来应该指证我是暴乱的头目，却翻供说并不了解我在事件中扮演的角色。因为当初他们并没有自己书写证词，文件是别人准备好，然后只是让他们草草地签了字。他们承认并没有和我讨论过暴乱，并且也没有得到过任何关于我参与暴动的确凿信息。

我无法描述听到证词后轻松的感觉。很显然，控方发现他们的证据极为无力。

而我们很快发现，出任主控官的那位女士从未到过科廷。她向其中一个证人提问，是否和我在拘留中心的草地上交谈过。问题本身就具有不合理性，因为科廷根本没有草，那里遍地黄沙！

之后我方的证人，一个叫阿菲德的，在被问到同一问题时指出了这一点。“什么草坪？”他反问。每一个到过科廷的人都知道，从来没有在科廷见过一根草。为了更加突出这一点，在出庭时他仅仅在此处用了英语，其余的证词都用的阿拉伯语回答。

地方法官休庭午饭，我和另外一个控方证人被留在法庭里。我们被告知绝对不可以交谈。但是因为没有其他人，他走过来并说，“请原谅我”。这在伊拉克文化中是一个传统习俗：求到宽恕后将不会在死的时候良心不安。

他受到暗示，如果指证我，会被给予优待。他告诉我来法庭的路上，ACM 的官员把他和其他证人带到海滩上并且给他们每个人买了一个汉堡。他还补充说，作为指证我的回报，他们被保证移民官会照顾他们。我猜他大概是参与暴乱的难民之一，但是不想被监禁，更不想被遣返中东，只好照做。

重新开庭之后，我马上告诉洛瑞发生的事。洛瑞在庭上就此做出陈述，于是控方证人被提问。

当法庭的注意力转向暴乱本身，一个证人声称我在科廷大门口和他谈过话。其他人则声称我也在同一时间和他们说过话，却在完全不同的方位。整个过程，控方证词的可信度十分薄弱。

第二天，我们有机会以此为突破口进行辩护。我们有四个证人——朵拉、她的妹妹娜拉、姨妈荷达、工程师阿菲德。他们反复说明在暴乱发生的关键时刻我都和他们在一起，这是真相。

最后，轮到我出庭。

我又被问是否和阿·贾比里博士通过话。我承认，但从来未谈及暴乱。许多问题似乎都围绕着阿·贾比里博士所扮演的角色来展开，一定程度上看，似乎是我代他受审一样。

控方攻击朵拉和她一家不具有证人资格，并暗示她们将在我获得澳洲行医资格后获益，我将让她们生活得十分舒适。这根本是无稽之谈，我和朵拉当时还仅仅是朋友关系，而我的将来完全没有保障，包括是否会被允许留下，除此之外，我也不知道自己是否还能行医。

判决在周一下午公布。布鲁门法官用他那特有的嗓音结束了案件，宣布“控方证据不足”！这是他全场说的唯一一句话，和想象中的法庭辩论完全不同。

二十多个人观看了审判过程，包括押解我出庭的警察和监狱看守。判决宣布后，法庭里爆发出掌声和欢呼。让我感动的是，警察和看守们也在鼓掌的人群里，这真是极大的鼓励。洛瑞后来说，他从未有过类似的经历。

很难解释听到宣判时的心情。当其他人欢呼时，我哭了。

但事情并没有完全结束。当局必须决定在我被无罪释放之后，到底该拿我怎么办。一方面，我自由了；另一方面，我并不自由，因为我必须回科廷去。

怎么回去呢？我的证人们是乘车来鲁姆的。我后来见到朵拉，她让我与她们同车回去。你可以想象，我很喜欢这个主意。几周以来第一次重新回到朋友们中间让我高兴极了。但当我向拘留中心的看守们提出要求时，他们却告诉我这是不可能的，并坚持我必须乘他们的车回去。

最后，回程的两辆车中，朵拉一家乘第一辆车在前，我与看守们乘第二辆车在后。当我们到达科廷时，朵拉一家回到了主营区。

我重获自由的第一夜本应如释重负般美妙。然而，迎接我的是一场噩梦。那一晚，我在独立监禁室——一个面积大约四平方米的木头盒子里度过。没有窗户，这是留给有自杀倾向的受拘留者的单独观察室。

在那个狭小的空间里，我努力躺在一块薄垫子上睡觉，一盏荧光灯一天二十四小时都亮着，管理方通过一个摄像头监视我的所有行动。一个五十分硬币大小的小孔是我与外界唯一的联系途径。没有自然光，没有枕头，没有一点儿空间来庆祝我重获自由。一切又回到了凄惨的状态，回到了非人道待遇的基调。

管理方对于把我关进独立监禁室并没有给出什么解释。而我也并没有提出任何问题。

外卖盒里难吃的食物已经被递了进来。我吃了就睡了。而且，在一天之内发生了这么多事之后，我根本顾不上环境有多恶劣。

第二天一早，拘留中心的看守们用外卖盒拿来了更多的食物。我打发了一天的时间，琢磨着这一切到底到什么时候是尽头。当他们拿来晚饭时，我意识到一定有什么地方搞错了。我问到底发生了什么，但是没有人解释。

又过了一天，其中一个官员说他们在对我进行心理康复治疗，因为我在监狱里和罪犯们相处了太长时间。这个理由真是毫无根据，我回答得十分不友善，说："噢，好吧，让我在一间小屋里——连灯都关不了的地方康复？"

第三天，我要求与管理人员对话。可是没有人来，我完全是被忽视的。

当他们给我拿来晚饭时，我告诉他们："没什么必要了，我不打算吃东西。我绝食抗议，直到你们给出解释。"

很快，拘留中心的主管威尔斯，来见我并问道："你到底想怎么样？"

他说管理层很担心我在科廷的安全，我可能被其他人伤害后选择自残。这正是我被关在独立监禁室的理由。

我并不打算接受这样的说辞。"这是胡说八道！"我说，"给我真正的理由。我的案件已经被审理，而且我已经被证明无罪。"

威尔斯纠正我说："是法庭无法判你有罪。"

关于法院判决正确性的讨论持续了好久，直到我说："我不在意你怎么想，我将绝食直至知道真相。”

这带来了一些新的细节。威尔斯坚持我不能回主营区，我必须单独拘禁直至官方作出我是否可以留下的决定。

我重复我会绝食直至他告诉我真实的原因。

他有点儿不高兴：“上帝呀，你真让人头痛，你到底还要求什么？”

我告诉他我没有太多要求。我很高兴不与大多数的难民接触，但是我希望朵拉可以来独立禁闭室看我，而且要求可以每天打电话给我的移民代理。

他的回应出乎意料。“就这些？”他问。

我已经有了我的医学书，所以我明确肯定这是我的所有要求。

他同意后再次确认：“这是你的全部要求了吧？以后你不会绝食了吧？”

“真可笑，”我告诉他，“这都是些愚蠢的游戏。我只是在按照你的游戏规则出牌。”

在他离开之前，威尔斯似乎在努力让我认识到，我虽然赢了这一场，但是较量仍在继续。

他的行为代表着当时政府对拘留中心的态度。几乎没有什么行动方式是出于对苦难中的人们的关怀，关注的焦点只有获得政治资本，展示当权者不容被挑战的权威。他们对难民们毫无顾虑，没有人表现出任何道德规范、同情心乃至公正。他们似乎觉得永远只有那些表现得比别人更强硬的人才会获得奖赏。他们太注重自我，在对人对事上，往往忘记了基本常识。

时至今日，当我想起这些态度或者是遇见有人表现得同样愚蠢时仍然感到很气愤。如同一个恶棍在任何时候都无法被接受——无论是在政府、专业领域、社交场合，或者，在一个拘留中心里。

第二天，朵拉来看我，我也从自杀观察室搬到了一个叫“旅馆”的新拘所。这里有一张床、独立的厕所，室外还有一小片空地。这里仍然简陋，很不舒适，但比起以前的住处可强多了。在“旅馆”里还有其他房间，但当时没有住人。唯一的小干扰是当别的难民被押进来时，我必须被关在房间里，这种事时有发生，但我可以忍受。

我全天由两个看守看管。其中一些看守是好人。在四十天里，我认识了八个看守。他们本该把我关在屋里，但是他们没有这么做。其中的几个开始和我玩拼字游戏和象棋。

总体来说，情况还不错。我可以不受干扰地学习和休闲。而且最重要的是，我有了干净的厕所用！

有一段时间，他们关进来一个名叫阿布·朵的难民。他五十来岁，戴着眼镜，光头，因为言论大胆激进，所以当局担心他会因为所持有的观点被其他难民攻击。而我发现他是一个很平和的人。事实上，他似乎还有些天真。当萨达姆在1990年允许注册其他政党时，阿布·朵注册了一个新党。他很快就被逮捕并且施以酷刑，最后只能逃离伊拉克。

我们在他被关押的四五天里慢慢熟悉，我很快发现他是个象棋高手。在我们的交谈中，聊到他之前认识我们一家，而且和我父亲下过棋。他告诉我，我父亲曾经同时与十个人下棋。阿布·朵是一个十分有经验的棋手——我们交手中大约百分之七十的概率是他赢。

他住进独立监禁室的原因与我相同，拘留中心已经成为不满、谣言以及阴谋的温床。在这种状态下，许多个人恩怨加剧，难民们以主观或者完全伪造的信息举报他人的事件十分常见。后来我与阿布·朵失去了联系，完全不知道他后来怎么样了。

我花了许多时间学习我的医学书籍，从头到尾反复读了多遍。后来发现，这段时间的独立禁闭对我很有好处。它帮助我掌握了那些基础内容，帮助我在澳洲找到了工作并且通过了骨科医生的专业考试，相信我，那是任何人能够想象的最难的考试之一。

直到今天，我仍然保存着这本书。在它上面写着许多名字、电话号码，以及邮箱，这些来自那些曾经帮助我承受拘留中心苦难的关键人物。

在我被关押的这段时间里，我听到了传言：有一些难民得到签证并离开了科廷。朵拉每两天过来看望我一次，每次二十到三十分钟。她告诉我营地的人慢慢走空了，我相信这也包括哈利和侯赛因。我们一路从约旦过来，一起度过了许多时光。我们在拘留中心时并没有花太多的时间在一起。很自然，我每天可以见到他们，他们很安静，并且大多时候独处。我离开拘留中心后就和他们失去了联系，完全不清楚他们后来的状况。

关在独立禁闭室里，我当然无法看到外面的世界，我必须依靠朵拉的报告才能知道多少难民已经被释放。

尽管如此，这个消息还是让人鼓舞，我的态度也转变了。时间一点一点过去，我慢慢意识到苦难的终结只是时间问题。我经常给阿·贾比里博士打电话，询问事态进展，而他也为我提供了最新动态。

事态已经迅速明朗，几天之后，我被告知去验血、拍胸片。我知道苦日子就快结束了。

8 月中旬，朵拉来找我，并且告诉我她们全家获得了签证并且即将飞往布里斯班。她说她会有一阵子不能来看我了，但会尽可能打电话给我。

之后的几天是最难熬的，我对自己的命运无法掌握，朵拉及其家人的离开使我倍感孤独。

8 月 25 日，我与阿·贾比里博士通话，他带给我一个好消息——我的签证已获批准。但是与其他难民不同，他们在得到签证当天就可以合法进入澳洲，而我的签证并没有马上发放。事实上，那一天与在科廷的其他日子毫无区别。

我变得越来越焦虑，我唯一能听见的是人们带着他们的行李离开的声音。我要求被告知何时会被释放。

那天晚上，格雷格·沃利斯，在另外一个看守的陪同下，推开了我房间的门。

第一次，他用我的名字，而非号码称呼我。

“马德瑞斯，”他说，“我觉得我应该亲自送来你的签证！”

这可是我听到的最好的消息，真是松了一口气。

与平时没什么不同，我又将遇到一个麻烦。他接下来的话是：“你的签证已经被批准，但是我决定多留你一天，因为你有钱而且说着流利的英语，我们认为你不需要我们交通安排。我们会归还本属于你的现金。我会请一个工作人员送你去主要公路，一辆从德比开来的巴士将在早上六点经过。那辆车会载你去布朗。”

据我所知，我是有史以来唯一一个被扔在公路旁而非交通安排送往另一城镇的被释难民。

也许沃利斯认为这是一种荣誉，以此向我展示我的重要性。老实说，这真没有什么意义，我只是觉得稍微有些不便而已。

我没为沃利斯蓄意制造的麻烦而头痛，反而十分兴奋。终于，在科廷被拘留了九个月之后，我将在几个小时之后离开这里。经历所有这些坎坷之后，我将开始崭新的人生。

15. 新的开始

The new beginning

第二天清晨，敲门声响起。看守递过来一口袋我的私人物品，这些东西在我到了科廷之后就被放在储存室里。他简短地告诉我，“你有十五分钟的准备时间”。

我被带到一辆小卡车前，穿着自己的绿衬衫和灰裤子。这身装束虽不干净，但是我感觉棒极了。

只有一个看守开车送我到了主要公路。他在将近六点时把我放下，几分钟之后，巴士就到了。我在近十个月后重获自由。1999 年 11 月 8 日我到达圣诞节岛，2000 年 8 月 26 日离开科廷拘留中心，这时离悉尼奥运会开幕还有不到一个月的时间。

兴奋和轻松的感受无法形容，我几乎想对巴士上寥寥无几的乘客宣告，我终于自由了！

这段开往鲁姆的二百二十公里的行程大约花了三个小时。我记得有几个十来岁的孩子在车上玩儿纸牌。这让我意识到我终于重回社会，可以在自由开放的空间里生活。

我从车上下来时深吸了一口热乎乎的空气，第一次幸福地想到再也没有人可以把我拖回科廷了。

在拘留中心，他们告诉我可以从鲁姆搭飞机去我想去的任何地方。我却想这可能是我欣赏西澳大利亚的唯一机会，所以决定一路乘巴士穿越西澳去柏斯。我把美金兑换成澳元，就跳上了一辆巴士。

先是到了海德蓝德港，之后是卡拉沙。我记得十分清楚驶过卡拉沙的奇异感受。这是我所熟悉的地区，我在几个月之前刚刚有过同样的旅程。虽然在警车里的场景不会重返，但是我的思绪飞回了我在这个城镇里被监禁的日子。

我们驶离海岸线，行程了大约两千三百公里。经珊瑚港、卡娜文、洞卡瓦、久刃港、科文提、蓝斯林，最后到了柏斯。这是一场马拉松式的旅程，总时长大约三十个小时，但是你真的应该见识一下西澳！

在旅途中，睡觉是打发无聊时光的最佳选择。当我到达柏斯市中心时大约在中午，我决定马上找工作。

第一家造访的医院是柏斯皇家医院。我找到接待员，询问他，是否有在这里工作的伊拉克或者说阿拉伯语的医生。我中了彩，真的有一个，而且正在当职。不一会儿，他到了接待处，握手之后我们交谈起来。我们都在巴格达医学院受训，他比我高四五届。聊到这时得到的信息都十分让人鼓舞，但之后的一切就急转直下了。

这个人在医院就职住院医生，问我想做什么样的工作。我告诉他我打算成为一名外科医生，并且专注于骨外科。他摇摇头，说我简直是在做梦。

他问我是否有骨外科的学历。我解释说我有普通外科经验，仅此而已。那个医生皱着眉头告诉我，我现有的学历并不被认可，我只能一边去葡萄园摘葡萄，一边努力得到相关的澳洲学历。

至于我想成为骨外科专科医生，他并不赞成。

“你并没有必要的背景以及肤色，”他冷酷地告诉我，“我们不具备。”

我感谢他的建议并离开了医院，自己却琢磨着：“去他的！一定有办法。”

在柏斯那次令人沮丧地讨论过我的事业前景之后，我决定不再浪费时间。我直接去了汽车站，并且买了张去墨尔本的车票。不管怎样，墨尔本是一座大城市，有着更多的机会。另外，我在那里有亲戚，也许会给我一些帮助。

我对旅程没有太深的记忆，只记得有些颠簸，我猜所有乘客都会这样想。我睡了一路，在阿德莱德短暂地停留了一下，就又一路从阿德莱德睡到了墨尔本。

我一到达墨尔本，就打电话给表兄山姆。他住在富茨克雷一间租来的公寓里。这一次，与我们以前的通话不同，他坚持我和他住在一起。他的公寓在一幢三层建筑的二楼，那幢房子如今聚集着越南和非洲的难民。

山姆与一个年轻的女房客分租，她住在另一间卧室。但是我在那里的时候，几乎见不到她。我晚上睡在沙发上，白天则试图在这个新的国家立足。我将所有的心思都用在找工作上。

除了给我提供容身之地，山姆还帮我完成了许多文书工作。我在墨尔本停留的第一天，他就带我去社会福利中心登记，开了银行户口，这些都是移居一个国家后的必备手续，能有一个当地人帮忙，会让事情容易很多。

第二天，我回到社会福利中心完成我的简历，这样我就可以开始申请工作了。那个在柏斯的伊拉克医生冷酷的忠告仍然在的我的头顶如乌云盘旋，所以我与另外一些移民来的医生联系，看看他们对我的前景如何评估。另一个也乘难民船来的朋友当时在维多利亚的巴拉瑞特工作，他鼓励我说："尽量多地申请工作，你永远不知道真的会发生什么。"

找工作的同时，我需要顺便找到一个自己的住处。我去找富茨克雷区的一家较大的地产中介，看看有什么可以租的房子。同样重要的是，我想知道像我这样一个难民是否可以租到房子。我的担心是多余的，地产中介似乎毫不介意我没有收入以及租房历史记录。当我后来更加熟悉富茨克雷区以及这里的常住人口时，我就理解了，因为大多数人都是移民，没有或者只有很少的收入。

2000年9月初，我搬进了一幢破旧的三居室的房子，房子的屋顶是生锈的铁皮，位于富茨克雷区联邦街7号。地理位置几乎谈不上适合居住，边上的空地被用作停车场，但是租金与地段相匹配，住在这里我每周只花一百七十美元的租金。

我需要为新家买些家具，但是我没有太多的钱，所以山姆带我去了附近的救世军商店。我虽无法允许自己买二手衣服，但家具没问题，我买了三个沙发和并不配套的两把椅子，几张床以及床垫，一张餐桌，再加上一些厨具。花费最多的是一部全新的台式电脑，我认为这是找工作的必需用品。

在最初的那段时间里，我主要的时间都用来找工作，并没有什么机会好好在墨尔本转转。但是我仍然记得被那里的气候所困扰，墨尔本即使在春天依然寒冷潮湿。与我的家乡巴格达以及地处西北部的拘留中心那种湿热的气候相比，是完全不同的。

朵拉和她的一家是唯一在离开科廷之后与我保持联系的难民伙伴。我在富茨克雷区安家之后，我问她们全家是否愿意从布里斯班搬过来，那里似乎成了从科廷出来的大多数难民的安身之处。他们在布里斯班的前景并不明朗，所以朵拉很高兴地接受了我的邀请，一家人几天之后就飞了过来。

与此同时，我印了上百份简历，全情投入地去求职。我把几乎所有的钱都花在信封和邮票上，并把简历发到了我可以找到的每一家澳洲医院。除此之外，我花了许多时间在社会福利中心给几乎每一家医院打电话，联系像我这样的学历且经验有限的人，看看有没有什么工作的机会。

我遵循了伍迪·艾伦的教导：百分之八十的运气在于勇于尝试！

我收到了许多回信，声称他们对我不感兴趣。但是，令人兴奋的是，两周之内，我收到两封信，一封来自维省东北部盛产水果的古尔本山谷的谢珀顿医院，另外一封来自维纽两省交界处的墨累河流域的米尔杜拉医院。

米尔杜拉医院的管理人员第一个给我打了电话，要求我几天后在电话里接受急诊科主任菲奥娜·拉塞尔医生的面试。

我们的交谈仅仅持续了短短的十五分钟，这是我在澳洲参加的第一次工作面试，所以尽管拉塞尔医生很和善，但我依然完全不清楚自己表现如何。

第二天，管理人员就回了电话，并且给了我一份工作。

谢珀顿医院也有人通过电话面试了我，并以电话通知录取。两个工作面试！两份录取通知！我的自信在经历拘留中心的种种挫败之后，开始回升。

当时，我对两家医院中哪家医院更好毫无概念。但是我发现米尔杜拉医院急诊室的七个医生中，六个是伊拉克人，剩下的一个是土耳其人。所以，正像每个人在这种情况下的判断一样，我选择了文化认同带来的舒适，接受了米尔杜拉医院的工作。

几天之后，医院寄来了正式书面通知，我通过维多利亚医学管理局申请了临时行医执照。两名工作人员对我进行了面试。整个过程进行得很顺利，持续了不到半个小时。他们只是看了我的简历，询问了我的工作经验，检查了我是否在行医过程中出过差错，并且确定我可以说流利的英语。通过这关之后，我可以在联邦医管局注册，取得注册号，成为一名执业医生。

我飞到了米尔杜拉，因为我当时没有车，并在 2000 年 11 月 1 日正式开始工作，此时只差一个星期就是我到达圣诞节岛一周年的日子。

在米尔杜拉急诊室的职业生涯十分繁忙。当时它是一家拥有一百五十张病床的全科医院，为一个主要的农业区域提供服务，所以永远有忙不完的各种病例。除了在急诊室工作之外，我寻找一切机会观看外科手术。当我开始为在澳洲的新生活打基础时，媒体也找到了我，把我作为拘留中心暴乱事件的主要联系人。2000 年 12 月，在 ABC 电视台的《7:30 报道》，杰夫·帕里什采访了我，讨论船民的故事以及科廷的状况。这个栏目严肃地讨论了难民的状况，有着自己的鲜明观点。我住在一间离医院大约五百米远的医生宿舍楼里，有一部分采访就是在那里进行的。当 ABC 团队离开时，摄影师摔了一跤，足踝部严重受伤，我只好在急诊室里帮他处理好伤口之后再让他离开。

除了工作，我的个人生活也有所改变。朵拉那年夏天从墨尔本飞过来与我共同生活，她的家人则仍住在富茨克雷区的房子里。

在米尔杜拉工作是件有趣的事。伊拉克和土耳其医生们是一群有趣的人，他们各有特色。举例而言，其中的一个医生在急诊室和一个病人舞着拳头打了一架。这个病人是瘾君子，来医院只是为了打一针吗啡。结果他没能打成吗啡，反倒被医生打了。

我在米尔杜拉做住院医师直至 2001 年年中，在这段经历中我积累了十分宝贵的经验。这时医院的一名资深主治医师休长假，我就在这段时间里替补了她。在大多数时间里，我都在忙着上夜班，做急诊以及外伤手术，其中有许多是因为车祸。

之后，很意外的是，医疗处主管伊恩·迈克尔宁斯告诉我在墨尔本的奥斯汀医院有一个外科住院医生的空缺——一个 RMO1 职位。虽然 RMO1 比实习医生职位高，但是仍然属于外科医师阶梯的底层，事实上，基本上是护士们的出气筒！我会领取实习医师的薪水，但是干住院医生的工作。诊断病情、处理伤口、治疗病人……大多数的时候并没有上级医师监督指导我的工作。这将是一个大的升级。

奥斯汀医院是一家大型教学医院，附属于墨尔本大学。这很符合我对职业规划的需要，而且工作中还包括一个阶段性的骨伤科轮转，这成为另外一个吸引我的原因。

他们对填补这个空位似乎有些困难。我不清楚曾经发生了什么，据我所知是有一位医生开始时接受了这份工作，但临近报到日时突然通知医院，说自己改变了主意。伊恩·迈克尔宁斯很慷慨地说如果我感兴趣的话，他可以介绍我去，并且成为正式推荐人之一。米尔杜拉医院的一位骨伤科医生，以及急诊室的主管菲奥娜·拉塞尔医生，都同意成为我的推荐人。

一些在米尔杜拉的伊拉克医生反对我申请这份工作，他们警告我，这是还没学会走就想跑，一定会摔个嘴啃泥。不管怎样，我认为这是个千载难逢的机会，在正确的时间出现在正确的地方，而我不会错过这个机会！一天后，我再次接受了电话测试，并得到了这个工作。很显然，他们很想补上这个空缺。

我在奥斯汀医院的前三个月是上普外科的夜班；下一个轮转是在维省乡间的本丁格基层医院，这也是一段很棒的经历。本丁格市距离墨尔本西北一百五十公里，人口超过十万。在淘金热的十九世纪中期建成，是一个重要的历史城镇，那里的人们十分热情，我觉得如同回到了家乡。

医院有近七百张病床，工作繁忙而且充满挑战。我在本丁格医院期间，最有价值的是与资深外科医生一起工作并向他们学习。在我之前的工作经历中，大多数时间都没有人指导，让我自行其是。与此同时，我努力准备维省医学管理局的考试，这样我就可以获得在澳洲行医的正式资格。

纯属偶然，一个在巴格达大学的老相识洛瑞也在准备考试。我们大约同时到达澳洲，但是方式不同。他是合法地以联合国高级难民署认可的难民身份乘飞机来的。洛瑞和我一起学习并且互相支持。我们通过了考试。在五百三十一名参试者中，他考了第七名，我是第三十四名。

之后，我又参加了澳洲皇家外科学院的初级考试，并在 2001 年年底顺利通过。这意味着我可以申请专科培训项目。凭着这些资历，我一步一步接近了成为一名骨外科医生的目标。

我在本丁格时，朵拉生下了我们的第一个儿子阿德姆。2001 年 10 月 25 日他生于墨尔本阳光医院。

生活大踏步前行，但我仍然无法适应维省以及墨尔本的大环境，尤其是气候，所以我又申请了卧龙岗医院骨科主治医师职位。这所医院位于纽省海岸线上，在悉尼南边。我于 2002 年 1 月作为一名初级非注册外科主治医生开始在卧龙岗医院工作。这意味着我开始接受外科主治医师培训，但是并非通过澳洲外科协会的注册项目。培训的经历完全可以作为另外一个故事结集成册。

16. 昂首向前

Walking tall

在卧龙岗医院的经历改变了我的人生，几乎与我之前三年所经历的每一件事情一样具有戏剧性，不过我刚“进宫”的日子并不怎么样。

卧龙岗医院一共有四名骨科医生，是个很强的团队。我已经申请参加澳洲皇家初级外科医师资格考试，因为时间上与我原定在医院开始工作的时间相冲突。所以我申请工作最初的两周为进修假。另一个新成员应该是从英国来的，但是签证没有按期获批。这意味着那两周内只有两个当值医生，而其中之一也要参加与我同期的考试，这两个医生要完成整个团队的工作，所以包括我在内的两个晚到的医生自然不受欢迎。

让事情更糟的是，我通过了考试，那个因为人手短缺而不得不超时工作的同事却没有。这让我更容易成为舆论攻击的对象。

说实在的，这时的我有些迷茫。我曾经是上层家庭里一个被照顾得很好的孩子，但是之后的事情让我饱受挫折，并被无情地扔进了残酷的现实世界。我很清楚自己想要什么，但是我并不知道如何做到。

我在卧龙岗遇到的三个医生对我的未来影响很大。全靠他们的帮助，我才打下了成为一名成功外科医生的基础。首先要提到的是沙姆·迪斯彭德，他是一个十分有才华的医生，澳洲最初少数几个来自非英国背景的骨伤科医生之一。他还是一个很亲切的人，一个优秀的老师。他教会了我如何成为一名骨外科医生。

另外两个是年轻的主任医师：斯图尔特·杨森和格雷格·斯德普。二人都喜欢冲浪以及高速驾驶斯巴鲁 WRX 跑车。斯图尔特对我很苛刻，任何事情都不放过我。格雷格同样十分严厉，但是他给了我一些最好的建议和指导，这两位医生教导了我如何在日后担当主任医生的工作。

我也从何于凯那里得到大量的帮助，他指导我发表了第一篇研究论文。

有一件事让我记忆深刻。当时的高年资主治医师是个女医生，经常在其他医生面前问我一些我无法回答的问题，这让我十分难堪。在一次类似事件之后，格雷格把我叫到一边并告诉我得想点儿办法。他知道我善于雕塑，他告诉我如果我想成为一名骨外科医生，我必须弄懂并且精通这些行政以及文字游戏。他告诉我，我必须比其他任何医生都早到，并在一天结束时比其他任何医生都晚离开。如果我可以做到这些，时机成熟时他会支持我申请 AOA 骨外科医生培训。

他们给予的建议都是无价的。而我在卧龙岗的两年也的确照着做了。

几个月后，朵拉和阿德姆从墨尔本搬了过来，我们在市区租了一幢房子。2003 年 2 月 6 日，我们的第二个儿子丁恩出生了。

后来，我开始申请 AOA 培训程序，由于我没有太多经验，所以第一次申请被拒绝了。一两年之后，我觉得自己已经掌握了在这个职位上应该掌握的专业知识，而且也需要寻求改变，不然整个人有可能变得陈腐。我相信如果换个地方会对我申请进入 AOA 培训程序有所帮助。于是我转入堪培拉医院，在那里医生的支持下，并且凭借推荐人的良好评价，我再一次申请了 AOA 培训程序。这一次我成功了，并且从 2005 年开始掀开了我职业生涯新的一章。

受训医生在这四年的骨科培训中每六个月换一家医院——有可能在新南威尔士州、阿德莱德、达尔文的任何一家医院工作。我从堪培拉医院转到了阿德莱德的妇女儿童医院，之后先后任职于悉尼西区的尼平医院以及维省北部的利斯莫尔医院。我在利斯莫尔医院工作期间，因为过于专注于工作，而忽视了家庭和婚姻，朵拉和我离婚了。

后来，我又先后在悉尼市中心的皇家阿尔弗雷德王子医院、悉尼西区的韦斯特米德儿童医院，以及悉尼北部的康士比医院工作。2008 年在韦斯特米德时，我参加了 AOA 培训项目的最终资格考试，并且一次通过。

通过骨外科医生考试，与其说是学习生涯的结束，倒不如说是一个新的学习阶段的开始。天生的好奇心让我渴望继续学习并且发掘骨科整形外科中最新的技术。

我开始为骨整合手术可能带来的巨大潜力而兴奋。骨整合技术源于牙种植原理，种牙技术在口腔医学里带来革命性的变革，于是斯堪的纳维亚和德国的医生把同样的理念应用于假肢替换上。就这样，第一台骨整合手术于 1995 年在瑞典进行，1999 年德国医生根据当时的髋关节置换技术用另一方式也实施了骨整合手术。

对于许多人来说骨整合手术如同一部科幻小说里的情节。理论基础来源于二十世纪五十年代植入钛合金金属棒后人体骨骼会对之包裹融合。世界上有为数不多的几个医生现在采用这个技术治疗截肢病人。据此，我在患者截肢后剩余的断肢端植入钛合金金属棒，之后在上面安置一个小型连接体，再在连接体上接上高科技的机器人假肢。治疗的结果往往可以让病人恢复更多的自主行动能力，病人可以用接近正常的步态行走，从而显著地提高他们的生活质量。

在 2009 年我的生活发生了更多的变化。

在个人生活上，我与俄罗斯出生的伊琳娜结婚，我们在利斯莫尔医院轮转时相识，伊琳娜现在在悉尼做全科医生。

在事业方面，伊琳娜和我搬去了柏林，我在那儿学习髋关节与膝关节置换。我同时花了许多时间研究骨整合手术，并且逐渐对下一步如何发展这项技术产生了浓厚的兴趣。特别需要提出的是，我决定建立一个团队，他们可以研究病人各个方面的需要。之前，这些专业人士都相对独立地从事自己的工作。

我和伊琳娜带着女儿索菲亚（她在 2009 年 7 月 14 日出生于圣彼得堡）回到悉尼后，我开始着手组建团队，包括外科医生、骨外科研究员医生、博士研究生、麻醉师、理疗师、假肢治疗师、康复治疗师、疼痛管理专家、生物机械工程师、手术护理专家、心理治疗师以及截肢机械代理。我们一起对每一个病人提供从始至终的治疗服务，对接受治疗的病人设立了严格的服务标准，而团队的每一个人都有否决权。

团队组建完成之后，却仍然缺少一个重要的组成部分——一个病人！

2010 年，布兰登·伯克特找到我，他是一名杰出的残疾人奥运会运动员，昆士兰阳光海岸大学运动科学教授。布兰登一直是一名出色的运动员，在当地橄榄球队出任队长并且代表昆士兰去新西兰参赛。但是灾难在 1985 年发生了，二十四岁的他被一辆肇事逃逸的车辆撞倒，左腿严重受伤必须从膝关节以下截肢。康复之后，他开始把注意力转向游泳，在残疾人运动会上多次摘得了金、银、铜牌，他在 2000 年悉尼残疾人运动会出任澳洲旗手并创造了他这个类别的最新世界纪录。

布兰登是骨整合手术的理想人选。他健壮，从他的职业角度而言，作为一个运动学专家，他对这个手术有充分的理解，并深知这将改变他的人生。我在麦考瑞大学医院给他做了手术，手术和术后康复都进行得十分顺利。布兰登成为一个成功骨整合手术的典型案例。虽然他仍然需要每天一早一晚把假肢换上，但是这个过程不会超过十秒钟。

不久其他病人慕名而来，这包括一个年轻的截肢患者，他在一场摩托车车祸中受伤。手术后他重新成为健身教练并且管理着一家健身房。还有一位妇女一直受限于轮椅，但现在可以经常打十八洞的高尔夫。之后是迈克尔·斯温，这个双腿截肢的英国患者，在2014年4月的一天，让我见证了他在温莎堡接受MBE勋章。

在2013年12月初，迈克尔来到了我的诊所，开始了骨整合治疗。在之后的三个月里，我先后给他做了两次手术，第一次先在他残留的腿骨中植入钛合金棒，第二次放上连接体。机械腿是根据他的需要而特别订制的。在2014年2月28日，迈克尔装上了他的新腿。在两根拐杖的帮助下，他在悉尼北部麦考瑞大学医院的小健身房里，迈出了第一步。

事实上，因为他的专注和热情，我们发现很难让他停止行走！负责安装迈克尔机械假肢的技师对此毫不怀疑。

“你可真是好样的。”当他执意要离开健身房并且坚持在走廊里多走五十多步时，技师这样称赞他。

仅仅几天之后，迈克尔行走时就只需要借助一根拐杖。十天之后，他行动自如地走进了悉尼机场，乘坐一架澳航的飞机回到伦敦。又过了几天，我收到邮件，里面有一张他不借助任何辅助，在英国路腾户外行走的照片。在这之后，我很荣幸地作为迈克尔的特别嘉宾，受邀观看他接受 MBE 勋章。

我们通过骨整合手术取得的成就如此惊人，让许多截肢患者开始了全新的人生。在帮助病人改善生活质量的同时，我的工作也变得更加繁忙，做了许多常规性髋关节和膝关节置换术。我的病人是我的原动力，改善他们的生活成为对我工作最好的奖励。

没有什么比改善病人的生活质量，帮助他们重拾一个健康、有活力的人生更让我有成就感。他们脸上的笑容，以及让他们回到一个没有伤痛、更加广阔的生活空间里，重燃对生活的热爱，这些都是无价的。一些五六十岁的病人，曾经需要费很大气力才能行走一百步，从这样的一个受限制的状态，重新回归充满活力的生活，他们现在可以很自信地在尼泊尔山脊上步行，或者穿越印加小道走向马丘比丘，甚至骑自行车环绕古巴……他们重新获得了一种全新的、丰富的人生体验。

但是在澳洲，还有许多可以做的工作。如果政府足够重视，可以建立一个世界先进的骨整合手术中心。全世界只有为数不多的医生受训可以进行这项手术，而现在已有截肢患者从英国、美国来到这里寻求治疗，因为他们相信我们设立了世界一流的标准，并且可以提供给他们最佳的机会重新回归一个相对正常的人生。这是一个世界上最好的骨整合诊所的开端，手术、研究新的科技技术、培训来自澳洲以及全世界的医生。我希望联邦政府和州政府看到骨整合手术的巨大潜力。

我常常回想自己离开伊拉克的旅程，一路走来遭遇的危险以及创伤。从人道主义观点而言，有一些经验可以，也应该被人知晓。

我当然理解“阻止非法船民”这个概念很受欢迎。但是我相信政客们应该用一种更加具有同情心的态度来对待难民，而不应该试图把他们描述成国家的邪恶敌人。在大多数情况下，他们并不是。据我所知，当时有十三个医生与我一起关在科廷拘留中心，其中的十二个现在在澳洲行医，大多数成为专科医生。其余的难民中，有许多工程师、手艺人以及技术工匠。

长期的监禁完全是不人道的。当然，难民们应该被收容直到接受身体检查，以确保他们没有携带传染疾病。在收容期间，他们也应该被以名字相称而非一个号码代替，并且应该受到起码的尊重。

在这之后，他们应该受到教育。学习澳洲历史、文化以及正确的生活方式，学会如何融入新的生活。

晚上他们可以在拘留中心过夜，白天则可以带着电子跟踪器，去从事那些其他人不喜欢的工作。比如，摘水果或者与农业相关的工作，在一定区域内与当地人接触并学习英语。

孩子们应该被允许到当地学校就学，建立友谊，学习澳洲的价值观。他们年轻，大脑如同海绵。现有的拘禁方式简单粗暴地伤害了他们，而这种伤害往往将影响他们的一生。

这样做可以为家庭以及个人创造机会，当他们签证获批时，他们也许已经习惯了周围的环境，并且愿意留下来，成为当地社会的一部分，而非孤立地居住在大城市的种族群落中。

现在的系统把难民孤立出来。而如果他们在一开始时就与社会分离，他们将保持这个分离状态。当他们从拘留中心被释放时，已经因为经受的种种创伤而变得麻木。他们失去了技能并且不会讲英语，所以往往会被极端主义者所吸纳，如同为火焰添加燃料，最终成为澳洲社会的包袱。这让他们更加孤立于社会，这对每一人来说，都不乐观。

我希望政策制定者，以及选民们想出一个更加智慧的办法。

当然，我意识到对于一个复杂的问题，给予一个简单的答案往往更受欢迎，但是这是一种浅薄的方式。不要忘记，我们面对的是真实的人，绝不应该继续给予难民们如同我在科廷所受到的对待。每一个人都不应该成为数字或者统计学的一部分，所有人都应该享有更多的权利，而非成为愚蠢的政绩积分，而让他们的生命湮没于简单的说辞之中。